소설책

교유서가 시집 004
기혁 ————————

소설책

교유서가

시인의 말

소설 속 시인처럼
분열의 안락에 취해본다

"술이든, 시든, 덕이든, 당신 마음대로"

결말을 상실한 분리기(分離器)로서의 세계가
보들레르의 두 눈을 후려칠 때

진실은 거대한 숙취의 쓰임새이다

차례

1부

비소설(非小說)

꽃무늬를 새기다

———

눈먼 석공의 조각을 보기 위해선 두 눈을 감아야 합니다

스스로를 밤이라 여기면서 조각의 재료가 된 것처럼요

중력과 원심력을 모두 잊을 때 당신은 조각의 울음과 닮은

무늬를 갖습니다 한 생애를 살면서 쌓아올린 장벽 앞에서

인간의 언어는 자신의 약속을 문지기 하는 중입니다

밤의 조각은 본디 밤낮의 경계를 앓던 문자였다

소멸하기 직전 경계를 확인하기 위해 꽃봉오리로 숨어
들었다

품에 안긴 밤의 조각에게 꽃은 광합성의 신비를 들려
주었다

물과 빛으로 연명해온 삶이 조금 외로워 보였지만 꽃
은 확신에 차 있었다

연인의 기별을 어둠 속에 꾸며넣으면 꽃의 내부에서
별똥별이 떨어지곤 했다

태양계가 다 들어갈 만큼 꿈이 거대해졌을 무렵 꽃이
말했다

'첫 아침이야, 일어나'

사랑을 찾는 누군가 가만히 꽃봉오리를 보며 흐느꼈

———

다 밤의 조각이

스미지 못한 새벽이슬을 대리석 꽃잎에 남겨놓았다

'모든 응어리의 기억으로부터 비로소 돌은 기교를 부
릴 줄 안다'

세상에 없는 과학처럼 장벽의 부조(浮彫)가 조금씩 움
직였다

사어(死語)가 되던 날 밤의 조각은 자신의 출생지를 떠
올렸다

가슴속 석공의 그림자가 수천 년 전 피어난 꽃잎 위로
깊어지고 있었다

현대시작법

———

　물고기를 잡기 위해 짐승의 뼈를 갈고 있는 인디언에
겐 아무 말도 하지 말아요

　그가 갈고 있는 사실이 무엇인지 그가 잡으려는 진심
이 무엇인지

　무엇 때문에 당신이 인디언을 떠올리게 되었는지도

　모닥불 곁에서 잠든 잘 길들어진 늑대의 잿빛 은유를
쓰다듬으면서

　늑대의 가슴을 뛰게 했던 푸른 초원과 한 사람

　조금 전 축복을 내리고 떠난 신들의 거처를

　바람의 입으로도 빗방울의 안광으로도 구름의 귓바퀴
로도 절대

　수소문하지 말아요 가슴 어디쯤 마지막 장작을 던져
넣던 한 사람의 뒷모습이

　슬픈 꿈처럼 어른거린다 해도 돌아오지 않는 인디언에겐

　한마디도 거들지 않기로 해요 익숙한 존재가 사라지
고 서로의 풍경이 흐릿해질 때까지

　인디언이 잡아 온 영혼과 죽은 생물의 백과사전을

　한 글자도 남김없이 잊어야만 해요 물처럼 흐르고 흘
러 마침내

———

지느러미 하나 당신의 말처럼 헤엄칠 무렵

대책 없는 소설가의 미끼가 궁금해질 테지요

그때, 소리 없는 물고기떼의 대화를 듣지 말고 말해보
세요

물고기가 아니다

시집 속에서 너는
편안해 보인다

수면 아래 잠든 물고기떼처럼
거개가 두 눈을 부릅뜨고서
낭송을 기다리지

다리를 오가는 사람들과 헬리콥터 이따금 미래를 망
설이다 가지런히
신발을 벗는 자의 눈빛까지도

너는 스스로의 발음으로 헤아려본 적이 없다

구름이 지나가면 당신은 구름
새가 날아가면 당신은 새
가을이 전쟁터라면 당신도 떨리는 심장

자음과 모음으로 이루어진 세상에서 꿈을 꾼다는 건
무생물의 흔적일까?

뻐끔뻐끔, 도무지 물고기가 낼 수 없는 음성으로
수면 아래가 소란스러울 때

너는 소리가 퇴화해버린 유미주의자
진화를 거듭할수록 투명해지겠지

투명한 물속에서 투명한 물고기가 투명한 그물을 피
해 투명한 꿈속을 가로지르는 투명한 씨발, 같은 무심함

시집 속에선 아무런 반응도 일어나지 않는다
시집 밖에서도 마찬가지
빼곡한 시작 노트가 위험한 건 아직 쓰이지 않은 문장
들이 지구본 어느 지명 아래 감춰져 있기 때문
이름 모를 낭독회장에 들어설 때마다
물고기는 자주 무언가 되고 싶다 한다

우주의 생물과 무생물을 모조리 인간의 언어로 번역하는
큰따옴표 사이에서
먹음직스러운 미끼가 꿈틀거리는

\

태초의 혼잣말 속에서

아무것도 설명하지 않는 물 밖 일상을
너는 수천 번 생문학적(生文學的)으로 익사시키려 하지

불태운 시작 노트의 재 가루를 캡슐로 복용해온 환각이
도서관 800번 서가마다 참혹해지면
장기 연체된 현실이 너를 대신할 고유명사를 호명하곤
한다

도서관은 창설의 의도부터가 풍자적이었는지도 모른
다*

잉크에 스며든 물귀신처럼 독자의 시선을 붙든 채 너는
죽어서도 가쁜 숨을 견디고 있다

물고기의 양심과 설움과 사랑을 걸고서

---

* 김수영, 「국립도서관」.

정말로 아가미를 연구하는
비현실적 족속들을 매혹하면서

상륙 직전의 태풍을 비늘마다 아로새기는 온몸의 문
신(文身)

비로소 너는
동시에 김수영이 아니다

천렵

꿈속으로 들어온 손 하나가 나를 휘젓는다

손아귀를 피해 몸을 움츠릴수록
꿈의 크기도 줄어들었다

어린아이만 한 꿈이 등뒤에 꼭 붙어서 속삭였다
현실이 되는 건 아니겠지?

계속해서 손을 피하면서 내가 소리쳤다
손이 있으니 괜찮아

가까스로 꿈속에 남은 나무 몇 그루가 새를 부르고
바람은 시선이 걸린 곳에서만 불어온다 평상을 잠의 문
턱이라 부를 순 없었지만 길을 잃어버린 아이 곁에서 누
군가 등을 토닥여준다 실눈을 떴던 아이가 질끈 눈을 감
는다

나를 휘젓던 손은 시냇가에서 물고기를 잡던 중이었다

자꾸만 빠져나가는 물고기를 포기하고 술잔 쪽으로
손을 뻗는다

어둠 속에서 술을 따르면 언제나 절반쯤에서 절망하
곤 한다 정말로 물고기를 잡지 않고서도 물고기 잡기 놀
이를 할 수 있는 현실은 어딘가 의심스럽다

꿈속을 휘젓는 손은 내가 물고기라는 사실을 알지 못
한다 손의 주인이 잠들었다는 사실도

깊은 밤, 사람의 손을 탄 물고기가
손발이 돋아나는 악몽을 꾼다

투명

깨어지면 몸과 상처가 구분되지 않는 질문들

명백한 햇살 아래 테이블을 누르는 무게에도 불구하고
용접자국이 보이지 않는다

괜찮습니까?
괜찮습니다.

유리는 자신을 치유하면서 현재를 버티는 표면
어항이 모르는 관상어의 정오처럼

금이 간 세계 속
금이 간 사람들

감사해요. 상처받지 않아서.
고마워요.
솔직하게 말해줘서.

유리 몸을 상상하는 텍스트가

외상의 여지를 남길 때

투명한 웃음이 산산이 부서진 입으로 반짝거린다

신파 소설

—

양복보다 청바지가 어울리는 슬픔의 순간이 있지
새로 산 운동화처럼 깨끗하고 근사하게
콩콩콩 감정의 실내까지 발자국을 찍을 때가 있지

이유 없는 슬픔처럼
유연하고 푹신하게 슬퍼지면 어떨까?

허기를 앞세운 채 식당에 가도
벗어놓은 슬픔의 근거 쪽으로만 눈길이 가는 건
바꿔치기가 많기 때문이지

귀하의 분실물은 책임지지 않습니다

형형색색의 이별에도 책임 없는 유행과
디자인이 맘에 드는 해석이 있지
때가 타지 않도록 조심스레 움직이면
짓궂은 녀석들이 몰려와 자꾸만 밟아보잔다

신고식을 해야 오래 신는대

—

멈춰 선 이야기가 흘러도 흘러가지 않아도
우리에겐 대사가 없고
가야 할 미래만 있고
새것 같은 슬픔일수록 오염에 강했기에
신고식이 끝나면 한 점 얼룩 없이 깨끗하게 닦여지는
오점의 박탈

신발이나 신파나 한끗 차이지 뭐

밟고 밟히면서 길이 들면 좋겠다
나의 기억도
잃어버린 기억도
훔쳤으나 잃어버린 우리까지

친애하는 맨발이 창백한 소설가처럼 꿈틀거린다
말할 수 없는 건 발로 쓰는 법이니까

7월 이야기

———

소설의 여름은 여름으로부터 왔다 소설의 여름은 소설이 만진 여름으로부터 왔다 소설이 만진 여름은 만질 수 없는 것이었지만 소설의 여름은 소설이 만진 여름으로부터 왔다고 가정한다 소설이 만진 여름은 만질 수 없는 여름으로부터 왔으므로 여름을 발음할 때마다 소설이 만진 것이 무엇인지 상상하게 만든다 만질 수 없는 것들을 만지면서 소설은 여름에 가까이 있다고 느낀다 오래된 느티나무 그늘 밑에서 물방울 흩날리는 분수대 옆에서 어딘가 익어가는 포도송이의 내밀함 속에서 소설은 소설이 만진 것들과 동공에 맺힌 풍경을 비교해본다 이따금 매미소리나 소나기 같은 고함이 만져지기도 한다 풍경을 매만질수록 만질 수 없는 여름이 희미해진다 희미하다는 적확함으로부터 여름 속 소설도 희미해진다 소설이 만질 수 없는 여름이 여름을 매만지기 시작한다 소설이 만질 수 없는 여름이 희미해진 소설을 매만진다 소설의 모든 문자는 여름으로부터 비롯되었지만 소설이 만질 수 없는 소설이 여름이 만진 여름 속에서 여름과 소설 모두를 포기한다 소설의 맥락이 소설의 문자의 소설을 포기한다 장마전선을 알리는 특보 속에서 여름이 북

———

상중이다 만질 수 없는 여름이 만질 수 없는 여름 속에서
맥락을 포기한 소설의 소설을 대비한다

내일 여름, 두번째 천변에서

———

누군가를 떠올리면 이름보다 먼저
빛나는 부위가 있다

바람을 보는 눈이라든가
사시사철 봄볕을 숨겨둔 손
초록의 쓴맛을 소리로 바꿔주는 귀
머리의 명령으로부터 가장
멀리 떨어진 발

불협화음의 기억 속에서
만난 적 없는 한 사람이 걸어나올 때
그런 온전한 모습이
사랑스러울 때

출생의 흔적과 절명의 흔적을 희석한 강물이
당신과 나 사이에 흐른다

같은 감정에 두 번 발을 담그는 것은
반칙이었지만 우리는 비로소

———

불순물처럼 서로를 바라보고
어깨를 쓰다듬는다

불투명한 여름의 투명한 전언에 대하여
고백의 근거지를 둘러싼 무수한
음모론에 대하여

사랑을 모르면 우주를 짊어질 수 있다는 당신의 어깨와
무중력의 해이 사이에서

도무지 빠지지 않는 발을 남기고 나왔다

여름의 초록이 검정이 될 때까지
검정의 내부가 한없는 투명의 겹침이 될 때까지
젖음의 모노포니*는 내일에만 들리는 신청곡 같은 것

가능성이라는 말, 이따금 슬픔으로 향하는 강가에서

---

* 화성이나 대위법적인 요소가 없이 하나의 성부로만 이루어진
음악.

당신의 어깨를 만진다
수북하게 쌓인 우주의 먼지를 툭툭
떨어보는 것이다

숨은 신

침묵이 태어나기 전 지상은
살아 있는 말들로 가득했다 한다
태초의 빛을 선포한 조물주의 턱밑으로
이전과 이후를 구분하기 위한 시간과
빛을 수식하기 위한 어둠이
무수한 말의 자손을 퍼트렸다 한다
저마다 좋아하는 동물과 식물
사물과 사상 따위를 붙잡고
최초의 소리로 울려퍼질 날을 손꼽아 기다렸다 한다
아직 발명되지 않은 문물과
역사의 마디마다 오래 붙어 있던 어둠의 후손들은
한바탕 소란이 일어나길 기다렸다 한다
사람을 이롭게 하던 새로운 말들이
사람을 죽이는 더 새로운 말이 되어 돌아왔고
희망을 노래하던 말은 의미를 갈아입지도 못한 채
폐허의 경계선을 따라 몰려들었다 한다
전쟁의 복판에서야 평화가 입에 오르내리듯
몇몇 말들은 침묵을 지키는 것도
의미가 있다는 걸 깨달았다 한다

애타게 신을 부르던 말들이 마침내
인류에 대한 애도로 되돌아왔을 무렵
두꺼운 책 속에 납작 엎드린 말들은
울기 시작했다 한다
번역할 수 없는 슬픔과 눈물에 두 줄을 긋고
문을 두드리는 자에게만 보인다는 신의 멱살을
배신자처럼 꼭 붙들고 있었다

상견례

식탁에겐 식탁만의 법도가 있다

네 발 달린 생물과 무생물 사이의 길듦보다 한쪽 다리
가 짧아지는
불구의 미래가 걱정스러웠기에

침묵도 너무 많은 대화도 식사를 어색하게 만드는 건
매한가지 고작
팔꿈치 하나를 붙인 천사가
불만족스러운 표정을 지을 때 식탁은

매번 부스러기를 만드는 바닥이 유물론자처럼 느껴
졌다

접시를 이탈한 음식은 아무 변명도 없이
음식물 쓰레기로 노선을 바꾸고
노선을 함께하려던 허기를 측은하게 바라보았다 그
러나

식음을 전폐한 채 광택이 나도록 닦아대는 식탁의 법도 앞에선 있을 수 없는 일

뼈대 있는 집안입니다
말과 행동을 조심하세요
여기는 밥만 먹는 자리가 아닙니다

모의(謀議)를 숨기려는 자와 감추려는 자 모두
식습관을 무기로 대치하고
역사적 미각에 각자의 취향을 맞추려 노력중이다

식탁 위 밀회를 즐기는 연인처럼 혁명이 삐걱거릴 때
숨어 있던 염탐꾼은 마침내 식탁과 결탁한다

정장에 튄 오점을 태연하게 웃어넘기면서
독약을 타고 싶은 술잔을 혈육처럼 권하면서
매 순간 먹고사는 문제를 걱정하면서도

짧아지는 불구의 미래를 법도에 따라 눈감아준다

———

누구도 식탁의 소유 따위엔 관심이 없었지만

오래된 식탁의 비밀은 말의 뼈를 차리는 데 있다 대낮
부터

삐걱거리는 식탁이 온 도시를 채우고 있다

———

활활 타오르는 기분의 화로는 타인의 소유 같아서 오랫동안 들여다보아야 했다 쉽게 상하는 삶이 자주 신맛을 내곤 했지만 뱉어낸 적은 없었다 억지로 삼킨 건 삶이 아니라고 생각했다 그가 쓴 모든 반복은 의미를 지우거나 다른 의미를 불러들여 창의(創意)를 지니도록 만들었으므로 한 번도 같은 자리로 되돌아온 적이 없었다 어쩌다 우연에 우연이 겹쳐 의미의 자리에 위로와 이해가 놓이는 날이면 귀하게 여긴 자들이 몰려와 읽고 말하고 울었다 한다 자신을 미워하지 않았고 원망하지 않았으며 혼잣말로도 상처 주는 일이 없었다 서점에선 감사하다는 쪽지와 고맙다는 쪽지가 옅은 알코올냄새를 풍겼다 한겨울 취객처럼 보이지 않는 곳에서 보이지 않게 죽었으나 그것조차 누군가에겐 위로가 되었다 한 장씩 찢겨 아무렇게나 뭉쳐진 후 다시 기분의 화로에 던져지곤 했다 오랫동안 그뿐이었다 겨울은 망각의 계절이었다 어떤 반복도 기억력에 이롭지 않았다 콧노래 때문에 아무도 죽지 않은 듯 보였다

———

바벨 아파트

문의 안쪽에서도 바깥쪽에서도 그는
예의가 바르다

말끔하게 차려입고서
거슬리지 않을 만큼만 인기척을 내는
비정규 방문객

반응이 없다면 부드럽고
절도 있는 동작으로 문을 두드리지
주인을 부르는 목소리가 어찌나 다정하던지
이불 깊은 곳에 꼭꼭 웅크린 경계심마저
슬쩍슬쩍 관심의 위치를 가늠한다

안부를 물으러 온 오랜 친구처럼
기다림의 배경은 자연스러웠고
복도를 지나는 이웃들도 공손하게
인사를 건넨다

새로 이사온 감정이신가요?

감정은 아니지만 쭉 무의식과 함께 자랐습니다.
반가워요. 전 예감이라고 해요.

이따금 내부에서 쿵쾅거리는 소음이 들려왔지만
주인은 반응이 없다

어느 날엔 그의 이름이 적힌 우편물이 도착했고
또 어느 날엔 분실물을 찾는 사람들로 한바탕
소동이 벌어지기도 했다 그런데도 그는

다른 맥락에 놓인 문장처럼 평온하다
동요하는 법이 없다 오가는 이웃들은
문의 바깥쪽이 실은 안쪽의 핵심이 아닐까
입소문을 퍼트리기도 했다 시간이 흘러

마침내 주인의 행적이 의심을 사기 시작했을 무렵
그는 문패를 바꾸어 달았다
*상상력*이 있던 자리에 *자본*이라는 이름이 내걸렸다
여전히 문 앞에 서 있었지만

———

주인도 내부의 대기도 요란하게 짖어대던 반려견까지
모든 게 바뀌었다

예의바른 *자본*은 집안으로 들어가는 대신
새로운 이웃들과 담소를 나누는 중이다
몇몇은 안면이 있었다
문의 안쪽과 바깥쪽이 완벽하게 뒤바뀌는 순간에도
육체의 귓가는 무덤덤했다

주객이 전도된 *상상력*만이 신경질적으로 초인종을 눌
러댔다
소설의 근거를 잃어가고 있었다

의미가 변하지 않는 문장들

———

아파트의 네모난 창문마다 불이 켜진다

/불이 꺼진다

꼬리를 치켜세운 의문들이 떼 지어 밤을 서성인다

/이동을 멈춘다

포장된 택배와 개봉된 택배가 현관문을 경계로 대치한다

/협력한다

인간의 탄생은 외부에서 일어난 사건이다

/내부에서 일어난 사건이다

침입자가 경보를 울리게 한다

/침묵을 울리게 한다

누군가의 사랑이 제철소에서 만들어진다

/녹아내린다

가상의 지하철은 진짜 승객을 실어나르고 있다

/언어를 실어나르고 있다

거짓을 품은 사람은 마음이 선하다

/눈빛이 선하다

진리는 의미가 변하지 않는 완전체이다

/변하지 않는 완전체는 비문이다

———

밤에 무지개가 뜬다

/무지개가 밤을 속이고 있다

화자의 내면이 드러난다

/타인의 내면을 껴입으려 한다

청자의 반응이 없다

/이 문장엔 없는 것이 없다

권태가 아름답다

/권태는 살아 있는 자의 특권이다

당신을 후려치고 싶다

/당신에게 보낸 열렬한 존경만큼 비어 있다

행간의 죽음을······

/행간의 드러냄을······

　밤하늘의 별자리가 반쯤 지워진 채 연결을 갈망하듯
이 시가 빈 곳을 배회합니다. 아무렇게나 낙서로 그어놓
은 선을 따라가다보면 자신이 만든 은하의 문턱에서 망
설이게 됩니다. 별자리마다 전설을 품고 있다 해도 기호
는 손끝 온도를 닮았습니다. 예언을 위해 움직이면 무생
물처럼 딱딱해지는 의미의 체온. 심장에서 먼 쪽의 온도

로 대기를 짚어가면 희미한 흔적이 남습니다. 흔적 위에 쌓인 혼잣말이 타인의 동공에 붙어 반짝거릴 때, 맥락 없는 문장에선 밤이슬냄새가 납니다. 변하지 않는 말은 청각만큼 후각이 예민합니다. 수십억 광년 떨어진 맥락 속에서도 기어코 슬픔의 의중을 찾아갑니다. 어떤 소유는 인간의 언어로 발음되지 않습니다. 행간의 사인(死因)을 객사로 적어놓던 운명이 만년필을 내던지고 돌아섭니다.

내면에 사막을 들인 자의 은유 위로 EC 002*가 떨어질 때

인적이 드문 곳에서
모래는 중력을 잊고 바람을 탄다

오래전 지구에 떨어졌던 운석의 기억이
시간의 풍화를 견디고
허공으로 솟아오르는 것이다

한바탕 모래 폭풍이 지나가면
운석의 출생지를 그려보는 신기루
생명체의 목숨이 간절할수록 허상은 점점 더
현실에 가까워진다

지상의 모든 모음이 울음도 터트리지 않던 무렵
까마득한 타인의 빈자리를

* '에르그 셰시 002(Erg Chech 002)'라는 이름이 붙여진 이 고대 운석은 2020년 5월 사하라사막에서 발견되었다. 지구의 탄생 이전, 약 46억 년 전에 만들어진 원시행성의 파편으로 화산암의 일종인 안산암으로 대부분 이뤄져 있다. 전문가들은 초기 행성의 마그마 분화 활동으로 행성의 지각에서 떨어져나온 것으로 추정하고 있다.

과거라고 부를 수 있을까

46억 년의 그리움이란 머뭇거림의 순간에만 찾아오는
우울 같은 것
한 생애의 우주였던 당신이
아무렇지도 않게 곁을 스쳐가고

인연의 변명들이 도시의 밤하늘에 불꽃을 그으며
가까워질 때 퍽퍽, 뜨거운 것들이 떨어지던 가슴께에는
어떤 생명체도 살아남지 못한 채
영혼을 불 싸지르고 있다

모래 위에 적어놓은 마지막 신화(身火)의 유서들이
폭풍과 함께 솟아오르는 동안
중력을 잊은 모래는 비로소 작두를 탈 채비를 한다

슬픔의 신내림을 사랑이라 방언하면서
신기루로 길을 잃은 내면의 문명을

외계의 몸을 빌려 점쳐보는 것이다

천사가 입던 옷 팝니다

억지로 입어보다 상징에 구멍이 생겼음.

육안으로 표시 안 남.

1회 착용.

직거래 불가.

계좌이체 불가.

지정된 마음에서 '던지기'로 전달.

시인, 소설가 사절.

의심이나 믿음이 지나치게 많은 사람 사절.

가려진 전화번호 끝자리 '1004' 아님.

무료 나눔 아님.

사후(死後) 다른 상징으로 교환 가능.

디자이너

산책 나온 사람들의 다정함도
다정함에 목줄을 맞긴 반려견의 꼬리침도
반가움을 쓰다듬기 위해 몰려든
아이들의 조막손도

계획된 도시의 천변을
계획 없이 걷다보면
마주치는 모든 것들이 견본품 같다

꺾이지 않을 만큼만 풀잎을 흔드는 바람이 지나고
물수제비뜨는 청년은
놀라운 회전력을 보여주었다

판매용이 아닙니다. 만지지 마세요.

얼른 조약돌 하나를 집어들자마자
맑은 햇살이 상냥하게 안내 멘트를 건네고
멋쩍게 흙먼지를 떠는 정오의 평화 어디쯤

신은

자신의 흔적을 남겨놓았을 것이다

미궁에 빠진 살인사건의 진실도

디스플레이를 위해 놓인 아파트의 전생도

잘못 만지면 손해배상 청구서가 날아오는

쓰이지 않은 이야기의 결말을

꼭꼭 편견의 유리관 속에 넣고서 위대한

스폰서를 기다릴 것이다

유실된 여름으로 만든 전집

―개미와 지렁이를 둘러싼 세속의 문명사

제1권 역사

모래흙이 잔뜩 묻은 지렁이가 개미에게 물어뜯길 때 자연은

아무것도 남기지 않는다. 고통과 비명처럼 근사한 싸움 구경이라도 난 듯 몰려든 구경꾼에게

지렁이가 준 것과 개미가 받은 것을 얼른 감춘다

제2권 민담

몸부림마다 쥐어진 허공의 붓자루가 노련한 필치로 흔적을 기록하고 나면 바람은

흔들리는 비닐조차 사건으로 꾸미곤 이야기를 몰아간다

수만 권 장서를 불태운 자의 눈동자가 문자와 함께 사그라지면

마침내 지렁이가 되어 문맹의 지하실에 틀어박힌다는 풍문 같은 이야기

제3권 정의

흔들리는 나뭇가지마다 소나기 뒤쪽의 비린내가 풍겨

올 때

　용케도 몰려나온 개미는 비로소 자신이

　눈동자에 갇힌 문자였음을 기억한다

　지렁이는 불타버린 여름의 마지막 문장이 될 것이다

　제4권 한계

　눈동자를 읽어버린 지렁이와

　눈동자로 들어가려는 개미가

　생사의 갈림길에서 마침표를 주고받는다

　제5권 지향

　주고받은 것을 말하기 위해 자연이 사람의 몸을 빌린
다

　빌린 몸속에서 쓰는 자의 눈알은

　거짓말처럼 눈을 부라린다

　안광(眼光)만 남은 지하실에서 지렁이의 환대를 깨문
마지막 개미가

　악착같이 붙어 있다

―――

제6권 예술적 주제

보이지 않는 개미가 보이지 않는 곳에서

지렁이가 꿈틀거리던 백지를 옮긴다

비린내 나는 문자는 썩어가는 개미굴의 색맹 같은 것

눈은 눈의 색깔로 자연을 잊는다

제7권 저자 (별권)

개미도 지렁이도

잊어야 한다

태양의 허위를 잊어야 한다

정전(正典)의 그림자가 당신의 교양을 소외한다

일기예보

가슴에 비가 내린다는 거짓에도 불구하고
비는 먹구름을 피워올릴 여백을 요청한다
기화에 필요한 햇살과 바람까지도
정치가의 의전처럼 까다로운 슬픔이 다녀가면
가슴엔 마지못해 새싹이 자라고 있다
날벌레와 산새들의 지저귐 그리고 어느새
슬픔의 주인공은 부지런히 오두막을 짓는 중이다
마음이 있다면 마음을 보여주고 싶은 통곡의 순간에도
손님들은 집들이 선물을 고민해야 한다
체면이 없다면 희극인실의 코미디언들처럼
진지하게 머리를 맞대겠지?
집주인이 건네는 농담만큼 재치 있는 애도의 방식엔
늘 당사자의 동의가 빠져 있다
술에 취한 죽음이 의아스러운 얼굴로 숲길을 걷는다
정말로 비가 왔는지
창밖을 보면서도 무관심한 조문객들과
기상캐스터의 지나치게 상냥했던 확신을 떠올리면서
현관문마다 수북하게 쌓여가는
검은 우산의 쓰임새를 따져보면서

난생처음이라는 말을 마른하늘에 걸쳐놓는다

테디베어

인형이란 따뜻한 말을 채운
솜뭉치를 부른다

몰리, 호야, 오로라, 도리, 하마, 윌슨, 돼지, 루나……

포근한 솜뭉치의 이름은 인형이 아니었지만 인형이란
말은
사람의 형상에 어울렸지만

시어도어 루스벨트*는 유명한 곰 사냥꾼이 될 수도 있
었는데

사냥에서 살아남은 아기곰은 어미보다 덩치를 불리고

---

* 사냥을 즐기던 시어도어 루스벨트(Theodore Roosevelt) 대통령이 그를 위해 미리 붙잡아놓은 새끼 곰을 살려줬다는 미담이 전해졌다. 이것을 소재로 만화가 만들어질 만큼 이목을 끌자 뉴욕에서 상점을 운영하던 모리스 믹텀(Morris Michtom)은 직접 곰 인형을 제작해 전시한다. 시어도어 루스벨트의 애칭을 붙여 '테디의 곰(Teddy's Bear)'으로 명명했는데, 이때부터 테디베어는 곰 인형을 대신하는 이름으로 널리 사용되었다.

도 여전히
　아기곰으로 남는다

　크리스마스 선물을 고른 아이의 품속에서 존재하지
않거나
　만난 적 없는 포유류의 이름을 얻고

　주인이 자랄수록 더러워지는 털가죽을 기른다

　아무것도 쥘 수 없는 손발로 배고픔마저 내려놓고 나면
　여러 겹 감싸놓은 고백의 비밀을

　모양뿐인 이목구비로 표현하는 인형의 쓸모

　쓸모가 없는 것들은 사람을 길들이고
　쓸모없는 것들의 식구라고 믿는 마음속 솜뭉치를
　푹신한 언어의 침대로 바꿔버리지

　절대로 물세탁하지 마시오

마음을 다한 말일수록 흥건한
자국이 남았으므로 겹겹이 쌓인 시간의 결들이
많이 부끄러웠으므로

말하는 쪽에선 늘 흔적을 고민한다

몰리, 호야, 오로라, 도리, 하마, 윌슨, 돼지, 루나……

타인에게 주었던 초콜릿색 말뭉치들이
감당하기 어려운 더러움과 악취로 버려질 때

수거해가지 않은 인형의 미래도 함께 비를 맞는다

다 자란 쓰레기들과 여전히 자라지 않은 아기곰이
앉는다는 공통점을 찾아낼 무렵

유리알처럼 무심한 행인의 눈동자에
웅크림의 착시가 스쳐지난다

밝은 방

거실 등의 내부로 들어가기 위한
날벌레들의 굳은 신념처럼

이미지의 비좁은 틈새로 텍스트가 파고든다

무한한 빛의 근거지를 향해 가느다란 발을 뻗듯이
꿈속에서 내뱉은 감탄사조차
한 자, 한 자 이미지를 지탱하는 광원을 상상하면서
비좁은 틈새마다 도사린다

말라죽은 텍스트 사이에서 곧 죽어갈 텍스트들이
희미한 노래나 시구가 되어 중얼거릴 때

텍스트는 세이렌을 만난 오디세우스처럼
스스로 날개를 묶고 빛의 틈새로
미끄러져 들어간다 마침내

이미지의 내부로 들어선 텍스트의 눈앞에 LED 전구가
빛을 내뿜고

열기조차 느껴지지 않는 이미지의 광원 속에서
텍스트는 앵앵거리는 지독한 소리를 내면서
몸부림친다

텍스트는 태양을 상상하고 있다.
텍스트는 태양에 실패하고 있다.
태양은 텍스트에 실패하고 있다.
실패는 태양과 텍스트를 상실하고 있다.
실패는 실패를 살해하고 있다.

이미지의 상상력 어느 그늘에서도
전기 콘센트를 찾을 수 없었지만 먼지 낀 거실 등 아래
에선
TV 리모컨을 쥔 신의 모습이 희미하게 어른거렸다

집안의 전등을 청소하면 커다란 날개가 나온다던 신의
목소리

너희에게 아직 빛이 있는 동안에 빛을 믿으라.*

(그는 알 수 없는 주기로 죽은 텍스트를 모아 버리려 한다!)

경험의 쓰레기통 부근에 가면

날개 잃은 천사들이 죽은 텍스트를 엮어 날개옷을 차려입어보지만

천사의 상상력도

의미의 무게를 버티지 못하고 추락중이다

텍스트는 무겁다.

텍스트는 무섭다.

텍스트는 징글징글하다.

천사는 날개가 없다.

날개는 천사 이미지가 없다.

천사는 천사가 없다.

텍스트는 비인간적이다.

_____

*「요한복음」 12장 36절.

태초에 빛이 있었지만 텍스트는 상상할 수 없는 곳에
서 빛을 좇는다
　상상할 수 없는 곳에서 신은
　TV 채널을 돌리고 있다

　화면 속 이미지는
　죽을 수 없는 곳에서만 빛을 죽인다

치킨 런

먹이를 찾는 맹금류의 눈이 지상을 향할 때 오직 상상
력만이 하늘을 추켜세운다

죽은 들짐승도 힘센 천적도 보살필 둥지도 없는 허공
에다
　제멋대로 풀어놓은 시퍼런 자유
　호주머니 하나 만들 수 없는 비행의 순간을

일생과 맞바꾼 역사적 사건으로 평가하는 건 죄다 날
개 없는 족속들뿐
　움직임을 멈추면 추락을 피하지 못하는 고공의 삶이
　지상의 노동과 어째서 다르단 말인가?

상상력에 날개를 달았다는 어느 비평가의 찬사는 노
아의 방주에서 추방된 존재의 불안을 간과하고 있다
　현실의 구차를 넘고 넘어
　초원을 달리고 땅을 파헤치고 송곳니를 가진 포유류
와 맞서는 닭 날개의 짧은 비행이
　닭의 인생과 무슨 긴밀한 연관이라도 있는 듯

비밀의 방을 만들고 열쇠마저 삼켜버린 과잉 해석 때
문에

닭은 닭을 벗어나야만 진짜 닭이 되는 모순을 감내해
야 한다

암과 수, 생과 사, 선과 악, 성과 속, 물과 불, 참과 거
짓, 정신과 육체……
짝을 이룬 모든 존재가 노아의 방주에 오를 때
날개 달린 상상력과 짝패를 이룬 이름은 어디에서 찾
는단 말인가?

모든 감각과 인식과 기억으로부터 단절되어 어떤 저항
도 없이 추락중인
고깃덩어리처럼 피비린내가 진동하는 중력가속도의
노예를 차마 태우지도 걷어차버리지도 못하고

함께 방주에서 쫓겨났던 겁쟁이의 대명사를
상상해본 적이 있는가?

———

당신의 등에 날개가 돋았건 그렇지 않건
시퍼런 하늘의 색깔은 좀더 얼룩질 필요가 있다
맹금류가 맹금류로 보이지 않도록
푸름과 붉음이 노랑의 표정을 감출 수 있도록

무엇보다 주인공이 높다는 편견과 은둔의 이유를 혼
동하지 않도록

닭의 모가지를 비틀면 새벽하늘과 무관한
위생관리자의 검역이 밝아진다

2부

조리
부조리
비조리
간편 조리

장르

___

문지방을 넘으면 작고 사소한 것이 걸린다

발가락과 발톱 머리와 심장처럼 하나의 인칭 속에 도사리는 비인칭적인 곁가지들

Genre. 권위자의 사인처럼 방문마다 붙은 스펠링을 제너 씨라고 불러본다

발이 다 닳아 없어질 때까지 제너 씨는 움직이고 우아하고 여유 있는 표정으로 버티다 뚝뚝 피를 흘리며 꼬꾸라질 때도 있다

고통 없는 글재주는 감동을 줄 수 없다는 데 피를 보고서야 깨닫는 감각을 믿을 수 없어서
제 수명만큼 섭렵했던 방과 방 사이를 잊기로 한다

이따금 되돌아온 방의 주인들이 문지방이 높다고 온갖 참견을 다 하고 떠난 뒤에도 제너 씨는 묵묵히 빈방을 치운다 불이 꺼지면

___

방의 크기를 좌우하는 것은 어둠의 면적이었으므로

　길을 잃은 주인은 걸리적거리는 순간순간 두려웠을 것
이다 떠나지 못한 누군가

　문지방을 밟으면 유령이 보인다는 속설을 떠올리며 제
너 씨를 찾는다

　보이지 않는 제너 씨가 보이지 않는 주인을 찾아서 이
방 저 방 방문을 두드리며 움직인다

작가주의

―――

　에어컨을 켠 채 집을 나온 사람처럼 불안했다

　실온의 비현실성과 체감의 선정성에 대하여 아무 말도 할 수 없었다

　변온동물이 그러하듯 세계의 양지와 그늘을 번갈아 돌아다니는 동안 윤리란 습생에 가깝다고 생각했다

　전기 요금에 대한 가책이 팔다리를 잊고 몸통만을 남겨놓았다 입과 항문의 엄격한 동일 선상은 치안의 문제 같았다

　리모컨을 찾는다는 핑계로 남의 집을 뒤지고 싶지만 가정(假定)이 주는 혐오를 견딜 수 없었다

　타인의 가슴에서 무언가를 훔쳐 나올 때면 정말로 독을 품은 뱀처럼 혀가 길어지곤 했다

　장편(長篇)의 묘미는 삶과 죽음이 바둑돌 같다는 것 때론 훈수가 주객을 전도시킨다 그러므로

　끄지 못한 에어컨의 비유는 미처 퇴폐적인 상(象)이다 겁에 질린 나는 똬리를 틀고서 한여름의 겨울잠을 청한다

　비용을 감당 못할 겨울이 계절을 빌리러 온다 (사실 나의 냉소는 기질의 문제가 아니라 빚을 갚으라는 독촉장이다)

―――

코끼리를 본떠 만든 상형문자의 허풍과 최첨단 공조 장
치를 삼킨 채로 뱀은 몇 페이지를 건너려 한다 이쯤에서

당신은 어린 왕자 속 모자를 상상할 것이다 상상하다
곰팡이 핀 충동으로 역사가 뱀의 피리를 훔치려 든다 나
는 거의 리모컨이 없다

타고난 재능 중에 오직 도벽(盜癖)만이 후천적으로 보
였다

소설책

―――

소설책 속 주인공이 의자에 앉아 있다.

어떤 사건도 없이 그저 앉아만 있었으므로 백지는 기록할 것이 없었다.

주인공은 앉아 있고 백지를 넘기던 독자는 문득 소설책에 붙들린 자신의 미래를 떠올려본다.

도서관 한구석에 앉아서 백지 한 장을 찢고 있었지만 아무도
주인공의 안위 따위를 걱정하진 않았다.

신국판 525페이지가 모두 끝날 때까지 예상 밖의 말이나 의미 있는 행동도 없이
두 페이지가 모자란다는 소설 밖 현실이 추가되었다.
지루해진 독자는

주인공이 앉아 있던 백지를 구겨 호주머니에 넣었다.
그러곤 잊어버렸다.

―――

시간이 지날수록 소설책의 페이지가 눈에 띄게 줄었지만 주인공도 독자도 별다른 불편이 없었다.

백지의 절반이 사라진 다음에야 소설책을 펼쳐본 사서는 결국 폐기를 결정하지 않았다.
앞표지와 뒤표지만 남은 소설책 속에서 주인공은 여전히 의자에 앉아 있고 소설은 유지되었다.

도서관이 폐관한 이후 소설책의 행방은 묘연했지만 주인공이 의자에 앉아 있다는 사실만큼은 의심의 여지가 없었다.

죽음이 임박한 익명의 소설가가 유언 대신 백지를 남겼다.
그의 손자가 "장낭깜 사주세효"라는 낙서를 하기 전까지 백지에 대한 소문이 무성했다.

이따금 역사서나 서류 뭉치 속에서 백지를 목격했다는

사람이 나타난다. 다른 소설책이나 타인과의 대화 도중 목격했다는 사람도 있다.

　가장 그럴듯한 풍문은 휴지가 없는 도서관 화장실에서 머릿속 백지를 뽑아 썼다는 고백.

　애독자를 자처한 그는 생사의 기로에서 쓰이지 않은 것들이 구원을 줄 수 있다고 말했다.

　시를 쓰는 나는 이쯤에서 소설책의 제목을 지우기로 한다.

　출판사명과 출간 일자도. 무엇보다

　도무지 소설로서 존재할 수 없는 주인공과 그의 투명한 의자를 그만 돌려주려 한다.

비소설

나무로 만든 종이 위에

나무라는 글자를 쓰면 슬프다

소설이 되지 못한 나무가 실패한 문장을 접고

접힌 기억이 모여 종이비행기가 되어 날아갈 때

나무의 고향에선 나무끼리 사랑하고

두 발로 걸어가 연인의 어깨를 감싸고

밤마다 초록색 외계인이 찾아오는 꿈을 꾼다는데

이상하지? 씨앗의 자유로움을 기억할 때 잎새는

주어가 되었다가 푸름을 지닌 결말이 되었다가 아슬아

슬한

서술어가 되지

종이비행기의 곡선은 생시(生時) 같았지만

나무가 거느리던 문장들이 아직

쓰이지 않은 소설 속 주인공처럼 초조하게 추락의 순

간을 기다리면

움직이는 일이 때론 소설 축에도 못 낄

핀잔으로 되돌아오기도 한다지

씨앗에 숨겨놓은 지구의 비밀을

우주 밖 어둠 속에 풀어놓는 짓 따위는 하지 않겠다

도서관 서가마다 다짐을 꽂아두는 저녁

씨앗을 실어나르던 바람이 찾아와 가로수 높은 곳까지

실패한 나무의 이야기를 옮기는 걸 본다

어느 대가의 소설책에 실린 첫번째 고해성사처럼

나무도 종이비행기도 두 번 다시 쓰이지 않을

주인공의 탈출기도 소설적 삶에서 벗어나긴 매한가지

종이비행기가 우주왕복선으로 보이는 착란을 누군가

현실적 연민이라 불러주었지만

대가의 체면을 대신해 수십 번 고해성사를 마쳐도

문장의 진실은 진심을 다하지 않았다 버려진 습작
위로

휘발유를 뿌리면 보이지 않는 곳에서 발음하다 사
라진

무중력의 뿌리가 보인다 실패한 허구란 그런 것이다

떠다니는 뿌리의 힘으로 소설가는

타인의 전 생애를 불태운다 우주로 흩날린 재가

별빛의 거름이 될 때까지 북두칠성과 전갈자리마다 매
캐한

공동체의 냄새가 피어날 때까지 대책 없이

우주로 간 나무를 삶의 승산이라 부르기로 한다

모던 소설 타임스

소설이 삶을 비추는 거울이라면
잔뜩 멋을 부리고 화장부터 해야겠지
내가 누군지, 당신이 누군지
남아 있는 인생을 이리저리 매만지면서
조물주를 걸었던 다짐과 서글픔 따위는 잊어버리고
불성실한 진실을 보면 솟구쳐오르는
거울의 구라에 충실해야겠지
좌우가 뒤바뀐 입장이라 할지라도 눈물을 흘리면
생활의 번짐만 묻어날지라도
노련한 연극배우처럼 조이고 조인
문장의 나사를 연기해야겠지 천의 얼굴을 가진 건
주인공이 아니라 변화무쌍한 내포 독자들
금이 간 소설 앞에 서서 금이 간 현실에 덧칠한 형형색색
환대를 모른 척 화장을 새로 고쳐야겠지
돈과 사랑과 명예와 자존심과 그 모든 이야기의 발상
지를
표정에 담고 오래 살던 동네 귀신처럼 살갑게
거울 속 낭독회에 참석해야겠지
싸구려 술집 화장실에서 쓰러진 취객을 만날지라도

피투성이가 된 주인공의 주먹을 묘사하면서

상처 하나 없는 멍자국을 떠올려야겠지

허공에 주먹을 휘두르다 삶의 미지를 마저 치고

빠지고 진짜 강냉이가 털리는 날에는

약속해, 우리 모두 채플린의 〈스마일〉을 흥얼거리기로

연연(戀戀)

———

느리게로 시작해 느리게로 끝나는 망각의 고무줄처럼
절망이 강물의 팔뚝을 묶고 시선을 돌리라 한다

내리칠 때마다 파랗게 불거져나온 고독의 혈관, 차가
운 핏줄 속에 풀어놓은 투신(投身)의 사연들

지난겨울, 얼음이 투명 망토를 걸치고 벌인 짓거리가
고작 강물이라면 수면에 비친 모든 풍경은 영하의 진심
을 기억해야 한다

석양의 주삿바늘이 앰뷸런스소리와 함께 무뎌지는 고
수부지의 내성(耐性)
약발이 서지 않을 때 자연은 사람이라는 병명(病名)을
잊고서 자꾸만 아픈 곳을 문질러보는데

비공식적 수명이 한 권의 소설로 남고서야 소설 속 죽
음은 영원히 열려 있기를 희망한다 삶의 본능이란 주책
없는 장광설 앞에서만 떳떳한 것인가?

———

검시관이 된 독자가 비로소 소견서를 쓴다

시체를 찾아도 원인을 알 수 없는 부위가 있고 차마
썩지 못한 생전(生前)의 그늘이 있다

'모든 글쓰기는 타살의 정황이다'

비소설(非小說)적 망상의 보관함이 멸망한 인류의 마지막 유품으로 습득될 때

이 세상에 인간으로 나와
생을 누리고 있다는 것에,
다시 한번 어지러움과
경이를 표하지 않을 수 없다.
—황지우

장기가 뼈를 입고 뼈가 피부를 입고 피부가 옷을 입고
옷이 나를 입고
　그러니까 나
　레이어드룩(layered look)으로 완성됐지

레이어드 눈속임 "페이크 패션" 아시나요 2007-05-23 10:42

엄마 레이어드
아빠 레이어드 사이에서
완벽한 레이어드룩의 벌레
사람 가죽을 쓴 벌레
겉과 속을 구분하면
허공만 남는 벌레

문명이 스며들면 계속해서 속이 뒤집히는
탈근대적 욕설의 어느 마지막 모음 가장자리에서
시체를 뜯어먹고 살아남은 애가
쟤래요

벌레의 내부에 뭐가 들었는지 궁금하다면
빠방! 터트려보면 간단한 일
연갈색 체액 대신 레이어드된 무지개가 기어나오는 한
낮에
쟤는 껌딱지처럼 바닥에 붙어서
수천 미터 지하에서 들려오는 소리를 듣습니다

레이어드로 살던
레이어드 인격들이
레이어드 지층마다 묻혀
썩지도 않는 정신이 있다고 구라를 치는 연남동
핫 플레이스 보도블록 위에서

정신보다는 벌레를 애도하는 편이 낫지?
중얼거리지 않을 수 없는 쟤를
정말 어쩔 수 없이 벌레 보듯 빤히 쳐다봐야 하는
지각머리가 담긴 머리통들

'레이어룩'도 과학이다 2008-03-05 10:19

뒤통수만 보면 냅다 치고 싶어하는 시간이
하얗게
단물이 다 빠진 풍선껌을
풍선 한번 불지 않고 툭 내뱉어버리는 동안
주지주의자의 습관적인 주둥이에서

저건 쌔삥이야 쌔삥
개소리가 흘러나올 때
도대체 무슨 구라를 어떻게 쳤길래

아직 짓밟혀본 적도 없는 새파란 놈이
세상의 압력이란 기껏 이빨자국뿐인 놈이

입속 세 치 혀가 자기 빽이라고 빡빡 우기고 있는
말끝마다 싸가지를 더해야만 직성이 풀리는
어디
잉크도 안 마른 문화를 후후 불면서
년인지 놈인지 시간에 한 대 얻어맞은 뒤통수를
상판대기마냥 흔들고 있는

쌔삥한 껍딱지의 최첨단 지각을
저 벌레 같은 것들과 비교할 수 있단 말인가?
거리의 얼룩이란 얼룩은 전부 스크레이퍼로 벗겨서 주
지주의자의 습관 속에다 몽땅 처넣어버린다면?
그래 껌이다 다시 씹어라
발음을 씹고 단어를 씹고 문장을 씹고
계속해서 씹고 뜯고 맛보다가

짜잔, 껍딱지가 아니지롱!
맥락에도 없는 날벌레가 생지랄을 떤다면?

'씨발'과 '신이시여'를 동시에 외치는 아가리 아래쪽

동공 같은 건 처음부터 없어야 할 자리 어디쯤

천 개의 눈알처럼 보도블록에 붙어 있는
세계 껍딱지 연합대회라도 있다면 모를까
하긴, 벌레도 껍처럼 어둠을 좋아하지

이상한 곳에 항문과 입이 있거나 항문과 입이 하나거
나 항문과 입이 각각 다른 걸로 채워져 있다면?

날갯죽지에 뭐가 묻든
그건 어둠이 아니라 그냥 우주다 우주
똥을 반이나 지린 마당에
바지 속 야경에 수천 개 벌레의 동공이 날아다니든 말든
허공에 똥구녕이 붙어서 뭔가를 싸든 지껄이든

지금까지 주절거린 쟤와 나의 구라랑 무슨 상관이란
말인가?

지하 PC방 컵라면냄새 사이로 어느 남자 가수의 잘 자

요, 멘트가

　자라는 것인지

　자지 말라는 것인지 레이어드의 내면으로는 도저히

　틈새를 가늠할 수 없는 꿈속 같았고

　똥을 반이나 지린 바지 속 야경에도 숨겨놓은 아이템
이 떠다니는데

　실내에서 껌을 뱉고 가는 손님을 주인은 자주

　벌레 같은 것들이라고 불렀지만 사실

　PC도

　주인도 모르는

　도둑맞은 중고 레이어드의 잔주름 어딘가

　온통 껌으로 칠갑을 한 사건이 있었으니 당근

　마켓 사기범이

　어렵사리 구한 대포통장처럼

　미래에 뭐가 찍힐지도 모르는 껌을 짝짝 씹어대면서

　마지막이다 실패하면 뒈져야지

　성의 없이 중얼거리던 무수한 사기의 생사 속에는

지상에 걸었던 마지막 희망 같은 것이
별빛 대신 껍딱지가 되어

레이어드들의 해골 같은 눈알 속에서 동공만 보이면
눌러앉으려 했다나 뭐라나

그게 어디 가린다고 가려지냐?
구라에 구라를 치다가 얼른
뼈다귀를 들어 뒤통수를 가리는 예술가의 순발력처럼
기억도 이미지도 레이어드 밖에서 치고받고 싸우다가
결국 지들끼리
이름을 바꿔 부르고 또 뭔가를 마저 바꾼다고 한다

남산 자락에서 짝짝 껌을 씹으면서
성매매를 하려는 트랜스젠더 언니가 섞인 풍경도
멀리서 보면 참 잠들기 아까운 세계적 야경이었는데
미세먼지 농도에 따라 신호를 바꾸는 남산타워를 보
면서
가격을 흥정하고 손을 잡는

———

저 레이어드들의 목적지에서

원래 창녀는 신이었대, 속삭이다 죽통을 얻어맞고
내가 이래도 근거는 사내다, 외치는
트랜스젠더 언니의 강펀치가
미세먼지 농도마저 바꿔버리는 아비규환 현장에서

성매매 '남산 트랜스젠더' 협박한 10대들 검거 2012-04-30 10:47

꼴에 남산도 산이라고 풀벌레가
벌레 보듯 울어대는 밤공기가
허공이 허공끼리 뭘 그리 대단한 사랑을 한 거라고 빽차
사이렌을 어루만질 때
욕구와 욕구 불만과 욕구 불안은
몽땅 남산타워 앞마당
녹슬어가는 쓰레기 자물쇠가 지어낸 말인지

학생부군신위 지방을 써야 할 미래의 벌레들이
껌 붙은 바닥을 향해 절을 올리는

흔해빠진 숭배 따위가 대단한

문화인류학적 오류라고 야단법석 떨 일도 아니지만

그냥 넘어갈 일도 아니란 사실로 붕붕거린다

가족은 짝짓기야 짝짓기,

자꾸만 짝짓기에 방점을 찍어대는 가족애 때문에

몸속에서 피가 거꾸로 솟는다는 둥

그런 가계가 강물처럼 흘러갈 리 없다는 둥

사실 벌레 같은 핏줄에도 파도가 친다는 둥

생긴 게 아니라 레이어드의 내면을 볼 줄 알아야 한다는

허무맹랑한 구라에서 속아

무슨 내시경 오럴섹스 하는 헛소리를 꺽꺽 토해내고

있다가

레이어드된 것들끼리 서로 한 겹씩 벗기다보면

죽을 때까지 자기 이름도 모르고

알고 싶지도 않고

수신과 발신만 있고

고독하지도 않고

죽자 살자 열쇠도 잃어버렸고
학명으로만 살다가는 딸깍발이가 돼야 했을 운명이라고

아서라, 허공이 허공 좀 토한다고
대도시 야경이 눈 하나 깜빡할 리 있겠냐?

지가 야경인지도 모르고 빈집을 터는 연놈이나
털린 게 뭔지도 모르고 비밀번호 타령이나 하는 사랑 따위를
어디 세콤이라도 불러야 하는 건지
아니면 세스코라도 불러야 하는 건지

윙크하듯 반짝반짝 비상 깜빡이를 켠 개장수 트럭 뒤에서
사르트르였다면 등이라도 두드려주고 같이 토하는 시늉이라도 했겠지만

아가리인지 주둥이인지 모를 펑크 때문에 새어나온
독가스 같은 언어가 바야흐로

휴먼의 입장에서만 해석되는 예술이 과연 윤리적 문제
인지
휴머니즘적 문제인지
환경오염시설의 통합관리에 관한 법률의 문제인지
불만이 터져나올 무렵이었다

그래서 하고 싶은 말이 뭔데?
니들 환경에 말이 존재하긴 했냐?

풍경을 문질러보는 레이어드의 심장 부근에서
도시의 바닥에 붙어 있던 껌이 기어나와 움직이면서

내가 니 애미다

또 무슨 구라를 치라고 하자
사실 껌은 도시의 밑바닥을
기어다닐 줄 아는 능력자로서
공중도덕이 응시하는 곳에서만 멈춰 서 있다가
보이는 내용의 수천 배가 넘는 얼룩 같은

개소리를 아무렇게나 내뱉었던 것이고

쟤도 니 애미다

읽을 수 있는 문장과 읽을 수 없는 문장이
도저히 의도를 알 수 없는
사이언스 픽션 같은
과학적 구라를 치기도 한다는 것이었다 예를 들면

살충제는 벌레를 죽이는 용도로 사용되지만 껌을 죽
일 수 없다
대신 대규모 인명 피해를 일으킨다 그런 경우
종교를 가진 자와 그렇지 않은 자는 서로 다른 방식으
로 애도를 표한다
껌과 벌레도 그럴 것이다

같은 좆같은 문장을 적고 나면
침대는 과학이라는 말에 대가리를 '탁' 치며
침대에서 이루어지는 온갖 과학적 행위들을 보았다고

할 수도 없고

안 보았다고 할 수도 없는 피치 못할 상황이

생물학적으로 아버지를 찾게 만드는데

신의 아버지가 두 개의 성기를 가지고 자식들을 교란
한다

"외계인이었다니깐?"… 눈과 성기 수백 회 찔러 부모 살해한 여
성 2023-07-10 10:24

같은 좆같지도 않은 문장을 열렬한 유신론자가 묘사
하는 걸 보면

신의 자식 둘 중 하나는 생물과 무생물 사이에서

바이러스처럼 나이를 먹을 것만 같아서

벌레와

껌과

레이어드와

어떤 레이어드의 신과

성기가 삐꾸인 아들들은

———

스스로 움직일 수 없었지만 특정한 환경을 만나면 눈에 띄지 않게 혼잣말을 한다

따위의 과학적 추론의 결과를 타이핑하면서
정반합의 성스러운 체위에도 불구하고
진실과 구라를 거의 1:9의 비율로 지껄이고 있는 쟤가
진짜로 뒈지는 게 슬플지
내가 뒈지는 게 진짤지
슬픈 게 진짜라는 게 뒈지기 때문인지
어느 젊은 날 내가
껌을 씹다가 죽으면
어린 왕자가 그려진 프랑스 지폐에 싸서
장례를 지내주고 싶은 기분이 든다

이 미친 안정감 때문에!

껌은 껌값을 하고
레이어드들은 벌레값을 하고

신은?

꼴값하다가 죽지도 못하고 레이어드들이 올리는

보고서 같은 기도나 읽다가

정반합 변증법적 지양의 도식 틈새에서

간신히 쪽문을 붙들고

신이 있다면 당장 꺼지라는 죽음 직전의 목소리를

못 들은 척 벌벌 떨고 있다고

그래, 꺼졌다고 치고

이렇게 구라를 쳐도 살 수가 있구나!

구라는 양파가 아니라 일용할 양식이다 양식

양심도 없는 소릴 지껄여보았으나

쟤나 나나 겨우 A4 용지 일곱 페이지를 시작했을 뿐이고

여기까지 읽는 데 20분도 안 걸렸다는 걸

소통 부재의 현대인썩이나 거들먹거리기에도 쪽팔리고

다시 생각해보면 정말 어마무시하게 긴

시간 같기도 해서

시간은 늘 뒤통수를 치는 게 맞는다는 어느 소설가의

술주정을

변증법 뒤에 숨은 신을 끌어내 물어보고 싶은

밤

도대체

도시란 단어는 어째서 백야도 아닌 것이

온종일 속이 보인단 말이냐?

비어 있는 것들아, 좀 가려라 가려

아무리 소리를 질러도

무슨 내용이 있어야 가리지

레이어드의 깊은 빡침과 함께 씹던 껌이 튀어나와

어딘가 착, 붙으면

거기가 바로 명당 아니겠니?

기뻐서 소리를 지르는 풍수지리의 대가가

사실 아담이었다는 건 여기서 처음 발설하는 바이지만

어린 왕자의 뱀도

에덴동산의 뱀도

뭐 그리 잘못한 건 없는 구라들인데

어쩜 그렇게 진짜 같을까,
부럽기도 한 것이 일상의 지하 벙커에 갇혀 있는
쟤나 나의 한결같은 심정이다

뭘 기대하나?
너도 생존자가 아닌데
쟤나 내가 너를 읽으면서 시작된 구라를
그냥 쓰다 만 신화라고 생각하고
나랑 쟤한테 어울리는 이름을 붙여줘
동네북이나 동네 바보형 같은 자존심 말이야

프로메테우스?
그건 너무 새디스틱하지
포세이돈?
중독성 없는 마약 이름 같아
그럼 염병할 제우스?
중국산 가전제품 메이커 같구만

텍스트고 플롯이고

지금 벙커 밖에선 핵폭탄이 터지고

방사능에 피폭된 돌연변이가 돌아다니고

울지 말고 이름을 불러달라고

소통 부재 현대인 같은 소원을 반복하는 안드로이드들의

반병신 같은 인간미를

어디서 봤더라?

서울역 어느 노숙자가

이불 대신 덮은 신문지에

"부모는 뱀 형상 외계인" 살해 아닌 살생 주장한 딸… 2심도 징역 15년 2023-10-02 10:00

기사를 보면서 노숙자를 염려해야 하는지

외계인을 염려해야 하는지

어린 왕자와 에덴동산의 뱀을 염려해야 하는지

이도 저도 아니면

신문지를 염려해야 하는지

딸의 내심과 언어의 괴리를
내포 작가에게만 맡겨둘 순 없던 것이다

그래, 모든 내포 작가는 외계인이다 외계인
사람 '인' 자를 붙인 사람의 한 종류다

부모의 피를 묻히면서
살해와 살생의 언어적 차이에 골몰했을 풍경을
레이어드들은 도무지 납득할 수 없었지만
진짜 외계의 말을 쓰는 번역가가 있다면

인격과 윤리의 지평선을 뚝뚝 끊으며 하늘로 솟아오
르는 UFO같이
무중력을 향해 가는 우주의 시간 속에서

살과 해가
살과 생이

모두 한 음절 속에 꾹꾹 눌러진

———

껌 같은 단어로 발음될 수 있을까?

　그러나 아인슈타인의 상대성이론을 혀가 닳도록 설명
해도
　왠지 상대에만 눈이 가는 지구인 대다수에게
　살해와 살생은 너무도 쉽게
　살살 해생이 되었다가
　살살 하셈으로 인식될 뿐이었다

　살살 사셈
　과학이 발전할수록 사회가 발전할수록 레이어드들이
세련될수록
　뭐든지 살살 해야 한다
　말도 살살
　예술도 살살
　전쟁도 살살
　평화도 살살
　죽음도 살살
　포스트죽음도 살살

신도 살살

신도?
신을 살살 해서 뭐하게?
지가 태엽을 감아서 세계를 움직이는 것도 아니고
그냥 그 자리가 비어서
놓여 있는 주제에
빡세게 굴리기라도 해야지
잘되면 신 탓, 못돼도 신 탓
나나
너나
쟤가
어쩌다 한 장의 백지에서 대면하고 있는지
이런 운명적인 낭비도
신 탓
암, 모든 신은 후천적인 낭비의 신이지
있지도 없지도 않은 그게
같은 일 두 번 하게 만드는 거잖아

———

장기가 뼈를 입고 뼈가 살을 입고 살이 옷을 입고 옷이 나를 입고

완벽한 레이어드가 되어서도 어디가 비었다느니

영혼이 없다느니 헛소리를 하는 게

결국 같은 일 두 번 하는 거라고

말이란 게 말이야 낭비를 나르는 도구가 아니면 뭐겠어?

낭비를 날라다놓고

현실에서 이루어지라고 비는 거

죄다 말로 되어 있잖아?

죄는 행동이 짓는데

말을 붙잡고 늘어지는 낭비

낭비를 용서해달라는 낭비

기도했으니 용서받았다고 말하는

낭비의 낭비에 낭비를 위한

인류애적인 낭비를 고자질하는

낭비의 시니피앙과 시니피에를 구분해서

낭비의 기원이나 유아기 낭비를 연구하는

정신분석학적인 낭비를
더이상 방치할 수 없어서
우주의 섭리에 따라
소행성 충돌이 빠방! 이루어진다면?

세계는 조용해질까
길바닥에 붙은 시커먼 껌이 다시 입으로 들어가
질겅질겅 씹혀지고 꿀꺽 삼켜져도
껌의 이동 경로가 훤히 보이는
레이어드의 가슴팍에는
아무런 변화가 없을까?
나나 쟤나 너나
지금까지 쓴 게 없는데
무슨 변화가 있겠니?
그래, 뭐가 어쨌든 낭비라는 단어는 참 미학적이야
심플하면서도

9등신이고
8등신이고

그냥 등신이고 간에

갓 태어난 낭비들은 다 이쁘니 말이야

어느 멋진 시인의 솜씨를

빌려 말하자면

오래 낭비해야 예쁘다

너도 낭비다

아니겠어?

올 가을 패션 키워드는 '지구 온난화' 2008-02-03 13:08

그러니 과학소설적으로 세계가 멸망하는 세계관은

보통 구라가 아니야

환경영향평가를 통과할 만큼

지구에 열쇠 구멍을 만드는 예비타당성평가를 면제받

을 만큼

친환경적이고 경제적인 구라들이

새하얀 서울 다마네기처럼

까지고

또 까지고

계속 까지고 까지는
바야흐로 홀랑 까진 윤리의 정점에 도달한 상태야

올 노벨문학상 누가 받을까 AI의 답은 중국 女작가 찬쉐 2024-
10-06 17:21

그렇게 전 세계적이고 우주적인 소설책을 읽으면서
껌을 짝짝 씹어대는 너는

나와 쟤의 유언이고
나와 쟤의 유인물이고
나와 쟤의 씹새끼고
나와 쟤의 틈새를 비집고 들어온
비인간적 화자고
홀로 남겨질 화자의 비인간적 외로움,
까지만 생각할게

어쩌다 하나쯤 재수좋은 놈이 존재했다는 것
그걸 알려고 수천 권의 책을 읽어야 한단 말인가?

———

텅 빈 해골바가지야, 왜 너는 나를 향해 히죽거리느냐?*

다음 생에서는 꼭 백지로 태어나자
방사성동위원소가 붕괴하는 소리를
용서가 아닌 저주라 고쳐쓰면서 텅 빈 해골바가지의
죽통을 날려버리자

〔1보〕 노벨문학상에 한국 소설가 한강 2024-10-10 20:02

메피스토 대신 당근마켓 사기꾼
'뭐해 존마니'와 영혼을 직거래하면서
중고 언어에 딸려 온 구라란 구라는 모두 사기당해버리자
잘 죽어
레이어드룩의 전집들아

---

* 요한 볼프강 폰 괴테, 『파우스트』.

군인권센터 "계엄령 문건 수사 결과 윤석열 직인 찍혀… 비겁하고 무책임" 2019-10-24 10:37

이제야 배가 고프다
배가 고프다는 감옥 때문에
배의 간수가 만들어진다
백골같이 하얀 쌀밥을 먹자
문어의 먹물만을 말려 만든 소금으로
대문호의 문체를 절여 젓갈 통에 담자

대통령실 "野 계엄령 주장은 말도 안되는 정치 공세" 2024-09-01 16:13

그때 파멸의 소화액이 밤을 뒤덮었지
아무런 반응도 없는 도시의 야경이 뭔가를 사고 쳤지
치고 떠나갔지

尹, 비상계엄 선포… "종북세력 척결, 헌정질서 지키겠다" 2024-12-03 22:28

———

북두칠성은 일곱 개가 아니야

북두칠성은 크레타의 별도 아니야

독한 별이야 북두칠성은

북두칠성과 관련도 없이 독함만 남은 북두칠성은

스타가 아니야

싸이의 〈강남스타일〉도 아니야 강남은 남쪽 스타일도
아니야

스타일은 스타일도 아니야

아닌 건 아닌 거야

불안정한 봄, 레이어드로 완벽 대비하기 2025-02-21 13:43

소설을 쓰지 못한 나는 우리 모두는 비상시국이었다*
고 시를 쓴다

삶의 본능이란 주책없는 장광설 앞에서만 떳떳한 것인

---

* 2024년 12월 14일 밤 대통령 탄핵 소추안이 가결되었다. 해당
작품은 같은 날 새벽에 쓴 시(詩)이다. 전문은 『소설책』 맨 마지
막에 실려 있다.

가?

나는 계몽되었습니다

"尹, 독방서 진정한 '고독한 미식가' 돼"…일본 매체의 평가
2025-02-24 20:27

늦었지만 사과해
사라졌어 세계는
마음 편히 안드로이드의 습격이라고 생각해

보다 못한 영화 속 히어로들이 스크린을 뚫고 나오면
바깥보다 안쪽이 큰 구멍에서 초능력 하나 없는
구원이 휙 지나가겠지
9회 말 병살타를 친 타자의 심정으로
애국가를 휙휙 중얼거리겠지

윤 대통령 지지자 '캡틴아메리카' 구속 기소…'선관위 가짜뉴스'
제보자 2025-03-19 11:44

———

사실 시는 사기가 아니라 겹치기야

겹치고 겹치고 겹치다보면

보이지 않는 곳에서 겹치는 진짜 세계가 있어

손금 곳곳에 별을 그리고 우주와 땀이 섞인 주먹을 쥐고

어둠을 후려치다 주저앉아본 시인은 알아

손에 '王' 자를 그린 대통령이 갇혀버린 레이어드의 세
계를

王 속에 王 속에 王 속에 王 속에 王 속에 王 속에 王
속에 든 태통령은 王과 관계도 없는 민주

주의를 지키겠다고 계속해서 민주

주의를 벗기고야 말지

아주 전근대적인 형식으로 말이야

그렇게 하면 허공에서 레이어드를 위한 노랫소리가 흘
러나온다

콜드플레이 보컬 "왜 우리가 한국 올 때마다 대통령 탄핵되나?"

2025-04-19 10:56

봐 또다른 레이어드가 오고 있잖아
여기 없지만 이미 오고 있어
보이지 않아도 오고 있기 때문에 오고 있어
저 두꺼운 껍데기에 쌓이고 쌓이고 쌓이고 쌓여서
뭐가 오는지도 모르고 오고 있어

나는 그냥 한 겹일 뿐이야 그게 전부야
서로를 모르고 앞과 뒤를 맞댄 채 개성적으로
섹스하고 죽어가는
맛없는 케이크처럼 겹친

하리수, 이재명 대통령 당선에 "최선을 다해주세요" 2025-06-
04 12:20

잊지 마, 바깥쪽은 늘 안쪽보다 커야 해!
빈티지 숍의 신상 구제들이 미래를 견디기 위해 팔리듯이
알몸으로 태어난 아이가 옷 한 벌을 건지면 지구도
별 볼 일 없는 쓰레기가 되듯이

———

레이어드룩을 입은 시인은 항상 구렸어!

나와 쟤의 빌어먹을 불안감 때문에

수백억 톤 유실물 보따리가 평화롭게 태양계를 떠도
는 중이야

혀의 아포리아
─재현 윤리에 대하여

작품마다 곧잘 문을 그려넣던 소설가는 문의 안쪽에 미궁이 있고 그곳에 괴물이 산다고 말했다. 궁금해진 독자들이 문 앞으로 몰려들자 소설가는 길을 잃지 않도록 입에서 뽑아낸 분홍 명주실을 쥐여주었다. 외올실로 이어진 길 행렬을 보면서 소설가는 흡족해했다. 그 순간, 작품의 문이 열리고 반인반수 괴물이 나타났다. 놀란 소설가가 서둘러 문의 일부를 지워보려 했지만 소용없었다. 문을 연 괴물은 순식간에 소설가를 잡아먹고는 그의 입에서 나온 분홍 명주실을 실패에 감았다. 놀라서 손을 떼고 도망가는 독자도 있었으나 재미난 구경거리를 놓칠 리 없었다. 괴물은 소설가가 그린 문을 지우고 일상 어디쯤 새로운 문을 그렸다. 그러곤 분홍 명주실을 문고리에 묶고 실패를 풀면서 내부로 들어갔다. 열광한 일부 독자들이 괴물을 따라 함께 들어갔다. 어둠 속에서 독자의 이마에 뿔이 달리고 염소의 발굽이 돋아나기 시작했다. 모음으로 된 감탄사가 그들의 언어를 대신해주었다. 호기심을 참지 못한 평론가가 마지막으로 뛰어들어갔다. 모든 소란이 사라지자 작품은 다시 평온해졌다. 문은 의도를 모른 채 한참 동안 열려 있었다. 열려 있다

는 생각이 미치자마자 작품 어디에도 등장하지 않던 문
이 닫혀버렸다. 끊어진 명주실이 분홍 리본처럼 문고리
에 묶여 있었다.

연행(演行)

———

뻐걱거리는 소리에 걸음을 멈추고 보니 허공에 유리문이 달려 있다

지구에 없는 중력으로 유리문은 미는 사이 앞사람과 간격이 벌어졌다

따질 수도 이해할 수도 없는 한순간 앞사람이 수십 바퀴 우주를 돌아 내 뒤에 선다

그는 어느새 사수자리 화살이 되어 나를 겨누고 있다 헐레벌떡

나는 지나가던 무대라고 소리쳤지만 너무 큰 개념은 숨을 곳이 없었다

우주 곳곳에서 배역과 사건이 난무했다 날이 밝아올 무렵엔

화살이 화살처럼 보이지 않았고 무대가 무대처럼 보이지 않았다

그래도 유년의 기억이라면 안심이 될 것 같았다 어린 무대는

유리문에 호호 입김을 불면서 조막손으로 발자국 찍기 장난을 치고 있었다

발자국의 주인을 떠올리던 사수자리 화살은 이내 맥

———

락으로 바뀌었다

무대가 아니라면 이제 맥락이 맞는 곳은 거의 없었다
아침햇살 아래

앞사람이 뒷사람에게 인사를 건넸다 *유리문도 화살도
무대도* 어제와는 이름이 달랐다

어쩌면 1행을 쓰고 2행을 쓰는 동안 벌어진 일 같았다

간격의 공평함을 재는 줄자가 잃어버린 소품처럼 떨어
져 있다

부당거래

위대한 작품의 마지막 마침표만을 모아둔 주머니입니다 당신에게 필요한 어떤 문장이든 우아하게 긴 여운을 줄 수 있습니다 시끄러운 문제가 있다면 마침표를 모아 줄임표로 쓸 수도 있지요 정치, 세대, 환경, 성차 등등 대부분의 갈등을 주장 없이 해결할 수 있습니다 심심하다면 구슬치기를 할 수도 있고 색을 입혀 바둑을 둘 수도 있습니다 소설적 허구를 보태 공놀이를 하거나, 시적 허용을 보태 더 이상한 놀이를 할 수도 있겠지요 잃어버리면 시간을 넘어 굴러갈 수 있으니 주의하세요 아이가 입에 넣으면 너무 조숙해질 수 있습니다 실제 사건에도 쓸 수 있지만 역사가 되면 무용지물처럼 보이기도 합니다 이따금 주머니에서 울부짖는 소리가 나도 놀라지 마세요 퇴고는 늘 힘든 법이니까요 그럴 땐 마침표가 없는 노래를 불러주세요 보기보다 운율과 리듬에 민감하답니다 거래할 준비가 되셨다면 지금까지 사용한 모든 마침표를 반납해주세요 이제 당신은 의미 없는 말을 할 수 없는 몸이 됩니다 권태에 목숨을 건 천사나 신들처럼 작은 읊조림에도 맥락을 고려해야 합니다

소설책의 쓰임

영수증, 유의어 사전, 분실물 목록, 각종 받침, 역사 이외의 증거, 해몽, 모더니즘, 포스트모더니즘, 미리보기, 필체 연습, 표절 연구, 선행학습, 지워진 문장의 수리, 무연고 묘지의 관리대장, 법령 위반, 활자로 표현 불가능한 변증법, 범죄의 모방과 예방, 분리수거, 신분증, 민형사 소송, 촬영용 소품, 1인당 독서량이 시력 감퇴에 미치는 원인, 직립보행, 크리스마스트리, 저자의 죽음, 주고 싶지만 받기 싫은 선물, 방탄복, 학술적 주장의 검증, 법령 개정, 대중교통 활성화, 출간 파티, 국가보안법, 문학의 죽음, 글자 위에 그린 천사 낙서, 독촉장, 벌레 잡기, 소설가의 손을 떠난 광기, 파놉티콘, 불멸, 이상한 시인, 그 밖에 실생활에 유용한 조리, 부조리, 비조리, 간편 조리

3부

미소설(未小說)

시인은 독사의 머리를 밟고

———

절정의 주변이 온통 깨진 유릿조각 같았다

큰일을 당하면 작은 일에도 머뭇거리게 된다

이유 없는 끌림이나 슬픔의 감정이 찾아와도

투명한 이슬처럼 일상을 흘려보낼 뿐이었다

너의 굴곡과 낙차가 나의 의지와 무관하게 방향을 틀었다

고인 것이 모여 시냇가를 이루고 저수지로 흘러들었다

돌을 던지면 보이지 않는 곳부터 파문이 인다

단풍이 양수기 엔진 소리를 내면서 물들기 시작한다

그러므로 울음은 계절의 흔적이 아니라

남몰래 덧칠한 내부의 보호색이다

소설가에게도 입말은 필요 없었다 구원은 언제나

예상 밖의 코트를 걸치고 찾아온다

수압이 거세면 춤을 춰야 했지만 붉은 혀를 떠올리진

않았다

마침내 고무호스 속 안락에 맡겨지게 되었다

———————

* 박형준은 시심(詩心)의 시작을 소년 시절 얼떨결이 밟아버린 뱀
에 비유한 적이 있다.

** 이윤학의 시 「이미지」는 머리 잘린 뱀을 다음과 같이 묘사한
다. "피가 떨어지는 호스가/ 방향도 없이 내둘러진다/ 고통을
잠글 수도꼭지는/ 어디에도 보이지 않는다".

———

소설적 얼음

손발이 찬 사람은 사이의 감각이 떨어집니다

당신과 나 사이, 각자의 심장으로부터 가장 먼 손끝
에서
무언가를 밀 듯이 마음을 두고

매미가 우는 그늘마다 혼잣말을 널던 아득한 미완성
도 남의 것 같습니다

당신이 쓰다 만 소설 속에서 기어코 나는 밥을 먹고
차를 마시고
악의 없는 주인공이 그랬던 것처럼 원망도 할 테지요

오래된 사진 속 몇 줄 망상으로 남은 문장도 오직
사이를 통해서만 원본에 충실할 수 있다면

차가운 나의 사본은 물어본 적 없는 의지입니다

손발이 찬 사람은 마음이 따듯하다는데, 그렇고 그런

인사말 뒤편에서
　멈추지 않는 상상의 흐름이 고조될수록
　나는 점점 투명해지고
　점유할 수 있는 계절의 부피가 줄어듭니다

　남의 것 같은 손발로도 움직이고 악수할 수 있습니까?

　차이와 차이를 맞대보면 정상의 범주는 늘 같은 체온입니다 거짓말처럼
　당신의 소설이 영원히 미완이기를 바라고 나는

　따사로운 햇살에 녹아내리다 녹은 몸을 볼록렌즈 삼아
　여름 어느 귀퉁이를 까맣게 태워먹고 싶습니다
　짓궂은 말장난만큼 보기 흉한 사랑의 흔적이 정말로
　장난처럼 냉소 지을 때

　보이지도 않는 사이 이쪽에서 사이 저쪽까지

———

뚝뚝뚝 물을 흘린 자리마다 알아볼 수 없는 글씨가 남
습니다

헐떡이다 주저앉은 한낮 운동장에서 어떤
뒷모습의 이유는 까만 잊음이 가장 큰 위로입니다

당신의 소설 속 손발이 찬 나를 잊을 수 있겠습니까?

잊으면서 완성되는 이야기는 서둘러 빠져나와야 합
니다
소설 밖에는 소설 같은 일들이 운명의 산통을 깨고

여름만 남은 세계에선 추운 고백이 투명 망토를 두릅
니다

아무도 쓰지 않은 소설 속 한파를 계절 대신 눈동자라
불러봅니다
당신이 기억하는 마지막 여름을 꼭 껴안고 스르륵
눈동자가 감기는 자장가를 직육면체로 서서 홍얼거립

니다

언젠가 꿈의 북극이 사라진다 해도 당신의 생시에 각
진 모서리로 남겠습니다

에스키모

당신이 사랑 대신 얼음을 주었더라면 불투명한 어감을
붙잡지 않았을 테지
　평범한 아침 인사에 들떠서 온종일 무생물의 애칭을
부르는 일 따위는 없었을 테지

　당신이 사랑 대신 얼음을 주었더라면 그리 오래 기다
리지 않았을 테지
　잃어버린 생활만큼 새로운 생활을 보태다가 가본 적
없는 삶의 경유지에서 당신을 찾는 일 따위는 하지 않았
을 테지

　당신이 사랑 대신 얼음을 주었더라면 녹아가는 얼음에
비친 모습도 보았을 테지
　말끝마다 날고기를 입에 물고서 짐승의 영혼이 출몰
하는 타인의 북극을 찾아가
　주제넘은 사랑을 입에 담지 않았을 테지
　작고 초라한 몰골로 스스로 만든 감옥에 갇혀 사라지
는 냉정한 시간이
　가장 뜨거운 오류였다는 것도 배웠을 테지

당신이 사랑 대신 얼음을 주었더라면 사랑이 녹던 자리가 마르고 말라 푸석한 흙먼지가 흩날리는 날에도

지하 물줄기를 따라 바다로 흘러나간 이별에 배 한 척 띄어볼 수 있었을 테지 그러다 문득

당신에게 보낸 더운 것들이 얼음이 되길 바라기도 했을 테지

당신의 꿈속에서 내가 보낸 얼음이 빙하가 되어

되돌아오면 헤엄치던 물개 한 마리 따라 올라오듯 당신이 주었던 영하의 진심을 춥지 않게 품을 수 있었을 테지

엉겁결에 당신의 얼음을 받는 날이면 전설 속 고래를 뒤쫓던 아버지들의 모험담처럼 멈춰버린 작살의 비밀 하나쯤 품을 수 있었을 테지 고래의 사체 대신

얼음의 역사를 싣고 되돌아오는 배 그 아슬아슬한 감정의 뱃머리에서

멸종된 눈이 흩날리는 기특한 풍경도 흉내낼 수 있었

을 테지

사랑이라는 말이 없던 시절, 당신이 사랑 대신 얼음을
주었다 해도
가슴속 지층 어디쯤 추운 유물들과 함께 간직했을 테
지 매일 밤 불면의 보초를 세워두고
이유 없이 울컥해지는 벌판의 고독을 되새기면서

한여름에도 입김이 나오는 이상한 세계에 첫발을 내디
뎠을 테지

문학 연구자

———

나 대신 울어줄
나를 찾고 있다는 말을 마치자마자
말로는 울 수 없다고 말하는
내가 찾아왔다
내 말을 믿을 수 없어서
말하면서 우는 나를 찾아다녔다
머그컵과 만년필 시들어버린 화분이
나라고 했다
그다음엔 조약돌과 산비둘기
도착 시간에 늦은 지하철이 나라고 했다
나는 모두 진짜 울고 있어서
확인할 방법이 없었다
지나가던 슬픔도 나라고 했지만 슬픈 나는
말을 하지도 울지도 않았다
우주를 다 돌아다녀도 내가 아닌 것들을
만나지 못했다
태양의 눈가에선 눈물이 곧장 수증기로 사라지는 바
람에
화창의 순간마다 우울이 내비쳤다

———

햇빛을 받고 자란 생물과 감정과 과학과 풍경 모두

우는 나의 아류 같았다 그때

슬리퍼를 신은 신이 울면서 나라고 말했다

나는 한국말을 할 줄 모른다고 말했다

신은 내가 모든 말을 할 줄 모른다고 말했다

나도 울면서 나는 거짓말쟁이라고 말했다

신도 나는 거짓말쟁이라고 말했다

둘 다 맞는 말 같았다

나는 신 없이 혼자 걷고 싶은 슬리퍼의 심정으로

나 대신 울어줄 거짓말을 시라고 불렀다

시는 내가 소설에 가깝다고 조언했다

나쁘지 않았다

비로소 나는 혼자 허공에서 나 대신 울었다

나 없는 세계는 처음부터 없는 세계였다

액자식 구성

———

사실 파도를 움직이는 건 액자다
액자를 벗어나기 위한 몸부림이
그물을 찢고 배를 침몰시킨 것이다

그러므로 미술관에 걸린 바다엔 파도가 없다
파도의 부재를 감추려고 미술관은
관람객 모두를 파도의 이야기로 바꾸는 중이다

서로 밟고 밟히면서 출구로 몰려가는 이야기들이
실제처럼 지루해한다

원래 이야기는 지루한 거야 니 주제처럼

그럭저럭 에티켓을 지켰지만
이야기가 아니었다면
누구나 미술관을 박살내버렸을 것이다

———

경종

1

인질을 붙들고 요구 사항을 이야기하는 인질범
이야기의 빈틈마다 다급하게 할말을 겹치는 인질
같은 자리를 맴도는 협상 전문가의 차분한 질문들

그러나 이 소설에서 가장 고민이 많은 건 총소리
등장할 위치와 시간과 표현 방식 때문에 총알은
발사되기도 전에 지쳐버렸다

사건의 본질은 누구에게도 사건이 되지 않았다는 것

자신의 머리통을 겨누던 소설가의 절망이 재빠르게
아담의 오른손에 권총을 쥐여주고 뛴다
이브도 뱀도 조물주도
영문도 모른 채 전속력으로 흩어진다

비판의 화살이 총소리보다 늦게 과녁을 향해 출발
한다

2

막 총을 쏜 자가 쏘기 싫었던 사연을 진심이라고 울부
짖을 때 총알은

조금 언짢아졌다 정말로 개가 된 것 같았다

네 발로 달려가 표적을 깨무는 최첨단 무기처럼

대기를 가르는 와중에도 할일이 생겼으므로

배가 고프진 않은지

아는 얼굴은 없는지

물기 직전 충분히 신호를 보냈는지

언제 침을 묻히고 꼬리를 흔들 것인지

결정을 마치자마자 탕, 소리와 함께

무의식의 살점 깊은 곳으로 침입하려 한다

총알은 펜보다 무는 힘이 약하다

일과를 반성하고 성장을 기원하는 일기를 쓰면서 시인은
종종 밤하늘에 박힌 별처럼 개꿈을 꾸었다

생년월일

   오늘 하루 무탈했다. 만질 수 없는, 그러나 늘 어딘가 접촉중인 이 도시에서

   무탈한 경험은 드문 일. 드문 경험을 이야기하기 위해 나는 밥상머리에 앉았다. 드문 생선구이는 평온했으며 드문드문 콩이 섞인 밥공기에선 긍정적인 곡선이 눌러지고 있었다.

   불이 켜지거나 꺼진 네모난 아파트의 모자이크가 무언가 상징하는 듯했지만

   수저가 점·선·면을 오가는 동안 생선구이도 공깃밥도 무탈한 이야기와는 무관했다. 무탈한 이야기는 무관하지 않은 식구들의 호흡 어디쯤 자리잡았으므로 그것은

   무탈한 하루를 보낸 나의 이야기와는 다른 미지(未知)에 놓였다. 무탈한 이야기는 점점 더 무거운 호흡의 뒤편, 식구들의 흐느낌과는 무관한 지점으로 흘러가고 있었다. 차례를 기다려야 했다.

   사람과 사물과 사기(詐欺)가 서로 부딪치고 접촉하면서 무탈한 이야기의 주변을 맴돌고 있었다. 그것은 이야기가 통하지 않는다며 밥상을 엎어버린 젊은 아버지의 분노이기도 했고

법대로 하라고 소리치던 처자식의 행방이기도 했다. 어쩌면 엎어진 밥상 아래 반쯤 깔린 생선 대가리를 용케도 바라보는 향정신성 유년에 관한 이야기일지도 모른다. 오늘 하루가 다 가기 전까지

무탈한 이야기는 무탈하지 않은 어제가 그러하듯 아무것도 바꾸지 않고 있다. 무탈한 이야기를 들려줄 곳은 무탈한 이야기 그 자체밖에 없었다. 산업재해로 장기 입원중인 친구의 무탈한 안부처럼 무탈한 이야기는 말하면서 무탈해지고 무탈해짐으로써 말할 수 있었다. 내일이 되면

나도 무탈한 이야기도 무탈하지 않은 식구의 미래가 되어 지워질 것이다. 만질 수 없는, 그러나 늘 어딘가 접촉중인 이 도시에서 무탈한 이야기는 영영 주인을 찾지 못한다. 무탈하거나 무탈하지 않은 모든 것과 인연을 끊고서 정말로 죽어버린 오늘의 나처럼 도시의 허공에 못박힐 것이다.

점화(點火)

———

중학생 무렵, 버스비를 모아 쥐포와 새우깡 따위를 사서 학교 뒷산에 모여 소주를 마신 적이 있다 나뭇가지에 쥐포를 끼워 굽던 녀석이 잘 익었는지 맛본다며 우걱우걱 씹으면서 '아, 영원히 살고 싶어' 중얼거릴 때

곁불을 쬐던 녀석들은 어른보다 크고 단단하게 빚은 담배 연기 도넛에 머리를 맞추고 천사의 날개처럼 양팔을 펄럭거렸다 영원이 비행(非行)이 될 수 있다면 저 비리고 짭조름한 탄 맛은 미성년의 육체에 갇힌 취기를 어디까지 끌고 갈 수 있을까 다 큰 어른이었지만 그리움조차 어른 흉내가 되는 시절을 어린 짐승이라면 겪어야 할 텐데 청설모와 산비둘기 이따금 찾아오는 안개와 돌풍까지도 흉내로 끝난 불씨가 남아 있을 텐데

기말고사가 끝나면 수십 명 천재와 수백 명 백치가 저마다의 핑계와 뒤섞여 교문을 나선다 천재와 백치는 한 끗 차이였지만 곰팡내 가득한 지하 노래방과 담배 연기 매캐한 당구장을 지나 뒷모습만 암기하던 독서실에 엎드린 다음에도 요절한 천재가 들려준 반역의 의미를 알 수 없었다 참고서 밑줄 밖에서 독한 외국 술에 취한 미성년 시인들도 바지를 내리고 소화(消火)의 축제를 벌였던

———

것일까

  영원히 살기 위해선 영원하다는 한끗을 지워야 한다
반쯤 타버린 쥐포의 아슬아슬함처럼 생활과 좌절을 반
복하는 피부밑에는 꺼지지 않은 불씨가 도사리고 있다
성장이란 비리고 짭조름한 탄 맛이 제 몸을 바꾸는 것에
지나지 않는다 사랑이 매번 몸을 바꾸고 나타난다 해도
소주의 숙취는 지워지지 않을 것이다 지린내 가득한 숯
불로 남은 사춘기를 끄고 또 끄면서 성기는 비로소 미성
년의 소유가 된다

밤의 징조와 유령들*

> 전쟁을 선언한다는 것은
> 언제나 적을 선언한다는 것이다.
> ―카를 슈미트

1

사유의 그늘 속에 너무도 많은 가능성을 담았기에
밤은 주체할 수 없이 무겁고 불룩해졌다

혁명의 태동을 갈망하는 청년들의 눈빛이
현실의 질문을 받을 때마다 밤하늘을 바라보았으므로

밤은 얼떨결에 산모 역할을 맡아 열연을 펼친다

태몽이 무엇인지
성별은 언제쯤 알 수 있는지
배냇이름은 누가
뭐라고 지어줄 것인지

---

* 우다영의 소설집 제목 『밤의 징조와 연인들』을 변용함.

도서관 한구석에 엎드린 이론의 곁으로 다가가 진짜 엄마가 된 것처럼
검고 불룩한 배를 창가로 내밀면서 속삭였다

이따금 심술이 나면 작은 발로 배를 차기도 한단다

2
어둠의 고요가 만드는 리듬과 함께 밤은 자장가를 들려주었다
청년들의 이름이 처음부터 사상이나 실천 따위가 아니었듯이

태내에 든 무엇도 정해진 것은 없었다

예상되는 외모와 성격은 어떻게 되는지
어떤 친구를 사귀고 싶은지
어른이 될 때까지 무엇을 기억하면 좋겠는지

궁금한 질문이 많아질수록 틈새에 낀 청년들의 마음도
유모차처럼 움직이곤 했다
　논쟁 끝에 올려다본 밤하늘엔 불가능한 개연성보다
혁명의 작은 손과 발
　크고 검은 눈동자가 먼저 떠올랐다

　이쯤에서 밤은 연기를 멈추고 싶었지만 무언가 태어날
것 같은 기쁨을 함께 누리고 싶었다
　출산 준비물을 살피는 소중한 일이 꼭
　피를 흘린 동지에게만 허용된 권리는 아니었다
　갈망은 늘 오독의 실패로 밤의 문을 두드리는 법

　성공과 실패가 아무런 의미를 갖지 않도록 청년들은
스스로 밤이 되었다

　3
　서로를 구별할 수 없는 어둠 속에서
　다리는 다리의 의지대로 불안은 불안의 의지대로 움직
였다 모두

———

같이 갈 순 없었지만
딱히 함께 갈 장소가 있는 것도 아니었다

고양이 목에 방울 걸기처럼
어떻게 방아쇠를 당길 것인가?

밤이면 청년들이 사라진 장소마다 아이 울음소리가
크고 선명하게 들려왔다
  명석한 인물들은 혁명과 청년의 은유를 찾기 위해 혈
안이 되어 밤을 새웠으나
  매번 그들의 머리통에서 또다른 밤이 시작되었다

  4
디 나흐트(die Nacht),
  누군가 독일어로 밤을 발음한다
  여성명사였지만 여성도 명사도 배가 불룩한 부댓자루
도 되지 못했다 그것은
  가능성이라는 말이 존재하는 한
  결코 담을 수 없는 가능성

아이의 운동화처럼 동조가 필요 없는 움직임이었다

혁명을 태아에 비유했던 역사가는 당사자의 동의도 없이
상상임신이라는 단어를 고른다
무지개색 머리카락을 사랑스럽게 쓰다듬고 싶었던 언어는 이제
혁명 이후의 의미를 감당하지 못하고 유치한 보복을 일삼는다

여기 있는 아이는 누구인가요?
학대당하지는 않았나요?
다른 아이들이 또 있나요?
진짜 부모는 누구인가요?

혁명의 2층 침대에서 사상적인 검증을 실시하는 동안 밤은
우는 아이를 감싸안고 토닥거린다
어둠과 빛이 뒤섞여 한덩어리 진흙처럼 보였을 무렵을

회상하면서

　완벽한 가능성의 공간에선 무엇도 살지 못했음을 이야
기한다

　신조차 한쪽 신발을 잃어버리고 울었지
　어린 시절엔 어쩔 수가 없단다

　아이는 질끈 눈을 감고
　밤에 뜨는 무지개가 지어낸 세상을 상상했다 하지만
　영원히 아이의 생각을 읽을 순 없을 것이다 그것은 혁
명과도 세상과도 밤과도
　아이 자신과도 무관한 무지개의 소관일 테니까

　5
　밤이 낳은 것은 밤이었고 또다른 밤도 곧 밤 속의 밤
이 되었다 몇 번의 혁명이 다녀간 이후에도 밤의 총량엔
변함이 없었다

어둠 속에서 어둠 밝히기*

  오직 혁명에 대한 해석만이 비좁은 머리통 속에서 칼
잠을 자야 했다

  깊은 밤 화장실에 다녀오던 '해석 1'이 잠든 '해석 2'의
발을 밟고 넘어지면
  서로 밟고 밟히는 해석적 소란이 벌어졌다 난장판은
혁명의 의지와 무관했지만

  날이 밝으면 으레 설득력이라고 불렀다 이상하게도
  해석을 거치면 우연을 필연이라고 대답하게 된다

  6
  독일과 한국의 시차에도 불구하고 사유의 눈을 피해
  낮의 길이가 조금씩 짧아진다
  극야(極夜)에도 백야(白夜)에도 0에 수렴한 낮과 밤은
각자의 임무를 수행중이다

---

  * 서용순, 『사유하라』.

———

아름다운 폭죽이 소이탄(燒夷彈)이 되어 다가오는 세
계에서 희망은 미지(未知)의 극지(極地)로 놓인다

  디이, 지이, 나아, <u>흐으</u>, 투우?
  아니오, 디이, 나아, <u>흐으</u>, <u>트으</u>

의미 없는 한국말 독일어 발음에 가능성을 덧칠한다
미신 같았지만
  어떤 과업에는 확실히 본토 발음이 필요하다

  청년행복주택으로의 입주가 거부된 청년들이 불꽃놀이
를 기다린다는 낭만적 사기(詐欺)의 진면목처럼
  투철한 청년 정신의 일가견은 여전히 현실로 발음된다
그러므로 밤은 모의(謀議)가 아니었다

  가장 실제적인 발푸르기스나흐트(*Walpurgisnacht*)
  저마다 목을 길게 늘이고 어둠이 낳은 무수한 변종들
을 상상하는

———

디지기 직전의 절박함이여,

전쟁을 선언한다는 것은 사실 유령을 선언하는 것이다
유령이 되지 않으려고 소설책을 쓴다
유령이 되지 않으려고 소설책을 읽는다

적도 동지도 배달 오토바이를 탄 청년이 망가진 청
년을 방문하듯 찾아온다 귀신을 쫓는 방상시(方相氏)
탈을 쓰고
검은 봉지에는 일용할 양식 대신 마녀, 난쟁이, 반
인반수, 자웅동체, 수염 난 여자 그리고
차마 입에 담지 못할 감정의 정화와 순화 따위를 서
비스 메뉴처럼 놓고 떠난다

멜로드라마

앞뒤가 맞지 않아도
흘러가는 이야기가 있다

질문의 새싹들을 짓밟으면서 꽃길만 만드는 맥락처럼

벌떼와 나비가 꽃가루를 잔뜩 묻힌 채
헤브로스* 강가로 날아들 때

흐트러짐 없는 줄무늬의 교차가 마음을 이끈다

감정적인 죽음을 더 감정적으로 부추기는 연민 앞에서
수면에 비친 풍경은 비현실적으로
관객을 비춘다

혀끝에 닿지 않아도
한 움큼 소금을 뿌린 맹물의 맛처럼

---

* 오르페우스의 찢긴 몸과 리라가 떠내려온 강의 이름.

강물은 자꾸만 거짓말을 내뱉는 것 같다

그리스 조각상을 닮은 정화와 순화의 표정으로
이유 없는 몸짓을 연기(演技)할 수 있을까?

매 순간 클라이맥스였던 가면 때문에
삼류 극작가는 사건 없는 사건에 골몰한다

숨을 쉬고 시간이 흐르고 죽음이 찾아오는 객석에서
두둥실 떠내려온 부유물의 무동력처럼 운명에 몰두한
관객들이 흘러내리면

마침내 이름뿐인 고전주의자도 배역을 따낸다
강물이 강물에 대해 쓰려고 할 때 그는 이미 바다다

감당할 수 없는 사랑의 이야기가
영웅의 배를 부수고 있다

북토크

큰 몸짓도 고함도 없지만,
기꺼이 대지를 부숴 조각을 내고
하품하며 세계를 집어삼킬 것이니,
그놈이 바로 '권태'!
—샤를 보들레르, 「독자에게」

심심해서 글을 썼다는
위대한 고백 뒤편에선

이름 붙이지 않은 감정들이 심심한 채로 잠들어 있다

깨우지 않으려는
깊은 속내에도 불구하고
출판업자들은 심심함의 내부를 상상하고 경험이라도
해본 듯이
'양심'과 '진실'
'불안'과 '운명' 따위를 무척이나
예의바른 자세로 작가의 부근에 가져다놓는다

심심하다고 죽진 않겠지만
심심해서 사람을 죽일 순 있어요
조심하세요 심심함이 깨어나면
어떤 일이 벌어질지 몰라

작가의 경고는 늘 겸손의 미덕으로 여겨졌기에

심심해서 쓴 글을 심심해서 읽기 시작한 독자들은 심심할 겨를도 없는 이상한 심심함을 기대하면서 심심한 타인에게도 정말 심심하지 않게 읽히는지 확인하려 든다

이번 신간 어땠어요?
아직 잘 모르겠던데요

아침잠을 쫓는 알람을 심심함의 내부에 놓기로 해요
각자 본 것을 독서토론 해보면 좋겠어요
우리 단 하나의 심심함도 낭비하지 말아요

하지만 결코 알람은 울리지 않을 것이다

———

이유 없는 사랑과

이유 없는 살인과

이유 없는 슬픔과

그 밖에 이유 없는 모든 사건이 곧장 알람을 끄고서

심심한 소설을 빠져나갈 테니까 그럴듯한

현실의 작가를 찾아서

정말로 그럴듯한 쓸모를 요구하면서

북토크가 끝난 뒤 곧바로 이어지는 사인회의 맞춤법
처럼

현실의 이야기는 표가 나기 마련

삶에 대한 보복일까?

소설에 없는 이야기는 늘 소설에 없다

지우개를 잃고 소설가는 쓰네

———

> 진짜 같은 소설을 쓰고 싶은 것이지,
> 소설 같은 일이 진짜 벌어지는 나라에서
> 살고 싶은 것이 아니다. 소설도 누가 이렇게 써봐라,
> 편집자가 가만두나. 벌써 교정, 교열했지.
> ─임현, 2025년 3월 25일의 「작가선언」에서

가까이할수록
읽을 수 있는 문자가 줄어든다

자유는, 침묵 속에서 쓱쓱 소리 내며 다가오는 야생

노트 뒷면 연필자국만 남은 이야기를 다시
온몸에 그려넣은 얼룩말처럼
자유는
타인의 검은 초원을 내달리고 싶다

여기저기 구멍나고 얼룩진
사유의 폐허마다
고백을 품에 넣은 한 사람, 한 사람

———

우리는 인기척에 놀란 백지의 심정으로
눈을 마주칠 때마다 조금씩
뒷걸음질친다

책상 끝의 아슬아슬함
그러나 바닥에 부딪혀 튀어오르는 영혼은 더이상
고무의 것이 아니다

손닿지 않는 어둠 속에서
수십 번 지워졌을 이름으로 가슴을 찌르고
시체와 함께 밤을 지새운
목격자처럼

오래된 빈틈에는 슬픈 미수가 있다

맞지 않는 문장의 여백만큼 방황이 늘어난
민주주의를 청춘으로 고쳐 읽는
봄의 소설에서

혁명이라는 가엾은 행방을 지운다

문지르다 번진 가슴마다 내란이 한건(旱乾)하다

소설가 코스프레

1

코스모스, 해바라기, 백일홍, 국화, 구절초, 달리아, 맨드라미, 목련, 접시꽃, 쑥부쟁이, 베고니아…… 당신이 부르지 않았더라면 모두 장미가 되었을 꽃잎들 말끝마다 가시와 꽃잎을 떨구는 가을의 복화술사처럼 자연이 어감의 담장 너머로 넝쿨을 뻗는다

2

순수, 동경, 그리움, 청순, 가을 여인, 감사, 헛된 장식, 첫사랑, 풍요, 기다림, 뜬소문…… *가을 여인과 기다림*조차 구별 못하는 입술로 미친 사랑을 나누고 식어가는 차를 마시는 동안 용케도 장미의 정원을 다듬는 이국의 정원사여, 그의 무대에선 식물이라는 말이 없다 꽃이라는 말도 무의식을 심어 태어난 모든 존재를 그토록 장미라고 부른다

3

당신이 부르지 않았더라면 우리들은 모두 무엇이 되고

싶다* 존재라는 여정의 싸구려 모텔방처럼 타인의 체취로 가득한 꽃말의 이불을 뒤집어쓰고 흐느끼고 싶다 박식한 소설가의 묘사 속에서 가장 비판적인 문명이고 싶다 가위를 들고 소설책의 자연을 난도질하면서 엇나간 칼날에 진짜 피를 흘리고 싶다

4

아무리 다가가도 꽃은 지분을 나눠주지 않는다 장미를 동경하는 사이 정원사는 화자(話者)의 모습으로 장미를 가꾸어놓았다 정원도 꽃도 필요하지 않았다 부르지 않은 존재에게 지분을 빌렸다고 했다 붕대를 감을 수 있어서 외롭지 않았다

---

* 김춘수, 「꽃」.

탈고

몸에서 종이 한 장을 꺼내 연을 만들면 먹구름이 되어
날아갈 것만 같다

가느다란 연줄에 매달린 인과의 순서들이 찰나의 빗방
울로 세상과 뒤섞일 때

아늑한 씨앗의 암중에서 꼼짝없이 싹을 피워야 하는
운명을 재주라고 부를 수 있을까

봄날의 정원은 자연스러운 소설이거나 부자연스러운
소설일 뿐

마네킹처럼 아파하지 않고서도 부서질 수 있는 자유
를 모든 척추동물은 꿈꾸고 살았기에

몸속 어두운 곳의 의도를 몸의 주인은 알 길이 없다

그러므로 더이상 문장에 뼈대를 세우지 않으련다 비
가 오면 도시의 소란으로 튕겨나오는 지렁이처럼

몸을 잊은 문장들은 스스로 기어가 길을 만들고 먹이를 찾고 새 주인을 만들 테니

세월이 흘러 아무도 찾지 않는 폐가의 수풀처럼 오직 기억 속에서만 정원을 흔드는 바람이 불면

남몰래 울었던 소설의 페이지마다 커다란 구덩이를 파고 마지막 연줄을 묻어야 한다 뒤엉킨 연줄이 썩을 때까지

육신과 정신과 불안이 온전히 움직이는 상태로 세계는 작가를 중지시킬 것이다

소설책이라는 단어가 단 한 번도 등장하지 않는 타인의 이야기 속에서 차분하게 편집을 기다리는 간접경험같이

쓰는 자는 오직 쓰인 자의 소문만으로 연을 날리고 있다

소설가

명백한 시간과 목적지처럼
앞모습만으로 충분한 진실의 등뒤에서
우연을 가장해 우리를
막다른 골목으로 이끄는 배신자들
슬픔의 초인종 앞에서조차
번지수를 잘못 찾은 방문객을 흉내낸다
경제적 손실과 잘못 전달된 약도 따위를
염려하면서
정말로 대문을 열지도 모르는
집주인을 두려워하면서
등에 짊어진 고독을 끝끝내 내비치지 않는
인간 애호가들
깊은 밤이 되어서야 입구도 출구도 사라진
문맥 속 어둠을 헤집고 다닌다
우스꽝스러운 몸짓으로 피 나는 무르팍을 감춘 채
울고 웃는 육체를 굴리며 피맛의 유래 따위를 읊어
대는
감성의 거짓말쟁이들
그러나 그들을 보았다는 말 역시 거짓말

문학창작촌에서 늦잠을 자고 일어난 게으름뱅이들은

배신자가 아니다 그저 소개를 위한 구실일 뿐

앞모습만으로 충분한 이 도시에서

뒷모습의 비밀을 상상하던 그들은 여전히

뒷골목 낙서처럼 적혀 있다

갈팡질팡하던 어느 묘비명의 결말이 그러하듯이

원작을 마중나온 작중인물이 그러하듯이

은하계 너머 외딴 창작실에 드러누운 조물주같이

골치 아픈 뒷정리를 거느린 *직전의 사건*을

간발의 차이로 끼워넣는다

독자와 목차

풀이 풀벌레를 키운다는 건 조금 이상한 말이지 풀은
고정되어 있는데 바람만 불어도 흔들리고 있는데 불볕
더위에 늘어지고 늘어진 만큼 안색이 변하고 있는데 초
록이 증발하는 환절기의 가장자리마다 온갖 풀벌레 소
리를 머금고 있는데 가을 화창에 가슴을 내보이고 내보
인 진심의 크기만큼 먹구름을 피워올리고 있는데 머리칼
끝부터 희끗희끗해져가는 거꾸로 선 백발 위로 가을비
가 꿈을 떨구고 있는데 방울방울 사람을 사랑했던 설움
을 주절거리기도 하는데 어느새 추위를 피해 웅크린 마
지막 풀벌레의 호흡을 자꾸만 오해와 겹쳐서 듣고 싶은
데 온몸이 눈 속에 파묻히면 떠나간 풀벌레의 자리마다
이름을 붙여주고 싶은데

풀이 풀벌레를 키운다는 건 정말 이상한 모성(母性)이
지 풀벌레가 기억하는 풀의 세계보다 더 큰 세계를 말장
난치고 싶은데 이른 봄부터 뜯어먹던 잎사귀는 종이 위
에서만 자란다고 알려주고 싶은데 잎맥보다 문맥을 좋
아하는 취향은 풀이 키운 게 아니라고 말하고 싶은데 아
무런 이유도 없이 풀벌레를 키운다는 건 삼류 소설에나
나올 법하다고 생각중이었는데 풀이 움직이는 건 은유

가 아니라 신파였지 그런 건 풀보다 시집(詩集)에 어울린다고 적어두고 싶은데 풀이 풀벌레를 키운다는 건 대지의 목차에 불과하다고 소개하고 싶은데

　풀벌레가 풀벌레를 키우는 것도 풀이 풀을 키우는 것도 생각보다 쉽지 않은 가계(家系)였지 발 없는 풀은 입이 없는데 말 없는 풀벌레는 입이 있는데 유구무언 들어가지 마시오, 팻말이 붙은 풀밭 안으로 슬픈 뒷모습 하나가 풀과 풀벌레를 짓밟고 있는데 짓밟은 상상력을 원망하면서 자신의 정체를 헤매고 있는 김수영처럼 눈도 뜨지 않은 땅속 벌레 같은 독자가 바람에 풀을 누이고 있지

───

서평가

사랑처럼, 너무 큰 말은 쓰지 말라고 해서 풍경이라고
했던 것이다

너와 내가 같은 액자에 담기기를 바랐던 것이다

풍경 속 호수와 미루나무 작은 날다람쥐까지도 실은

사랑을 쓰지 않으려고 거기 있던 것이다

영원히 좁히지 못하는 거리를 영원히 직전이라고 믿는
두 세계

매일 보는 저 풍경을 문질러보는 일은 그래서 깊었던
것이다

풍경이 담긴 두 눈에 읽을 수 없는 슬픔을 그려놓고선
티끌이 들어갔다고

세상이 좀 아팠다고 영문도 모르는 타인을 붙들었던
것이다

후후 사랑을 불어달라는 말 대신 자꾸만 말라가는 풍
경을 흔들면서

작고 작은 목소리로 한 점을 찍어야 했던 것이다

우리 모두는 비상시국이었다

꽃이 비상계엄을 내릴 수 있다면
웃음만을 지으시라 향기를 출동시켰을 것이다.
바람이 쿠데타를 일으킬 수 있다면
눈보라를 내몰고 샛바람의 명분을 내세웠을 것이다.
그림자가 반역을 꾀할 수 있다면
햇살의 뒤편에서 웅크리지 않았을 것이다.
백두대간 거친 협곡이 불복종한다면
인위적인 모든 쇠붙이를 거부했을 것이다.
봄을 기다리던 소년의 눈동자가 내란을 일으킬 수 있
다면
꽃과 바람과 그림자와 백두대간의 수괴가 되어
이 땅의 유일무이한 권력자들에게
완성된 혁명의 풍경을 되돌려주었을 것이다.
보이는가? 우리 모두는 비상시국이었다.
국회의사당을 둘러싼 민주주의의 함성을 지키기 위해
한 번도 느슨한 풍경을 보인 적이 없다.
봄이 되돌아올 때마다 어떤 풍경에선 피가 흐르고
기쁨과 눈물이 겹쳐 보이기도 했지만
우리는 결코 계엄을 푼 적이 없다.

봄의 액자에 곱게 담아 소년에게서 소년에게로
저 뜨겁고 팽팽한 것을 전달해야 한다.
우리 모두는 여전히 비상시국이다.
혁명을 방해하는 비민주적 거스름을 색출해야 한다.
봄의 이름으로 수배하고 봄의 명령으로 처단할 것이다.

해설

레이어드 모노포니

───────

조강석(문학평론가)

기혁의 새 시집의 표제는 '소설책'이다. 일전에 한 시인이 '소설을 쓰자'라는 표제로 시집을 출간한 일이 있기는 했지만, 시집의 제목이 '소설책'인 경우는 대단히 이례적이지 않을 수 없다. 그뿐만이 아니다. 3부로 구성된 이 시집의 1부의 제목은 '비소설(非小說)'이고 3부의 제목은 '미소설(未小說)'이다. 그리고 2부에는 「소설책」 「비소설」 「모던 소설 타임스」 「소설책의 쓰임」과 같은 작품이 실려 있다.

이 시집에서 소설이라는 기표는 우리가 통상적으로 인식하고 있는 소설이라는 의미를 벗어나지 않으면서도 시집 내적으로 조직되고 정의될 수 있는 실정성들을 확보하고 있다고 할 수 있는데 이처럼 한 시집에서 가장 중요하게 사용되는 기호가 '소설'이라면 우리는 이 시집의 내적 '장르론'과 관련하여 다음과 같은 점들을 생각해볼 수 있을 것이다. 첫째, 그럼에도 불구하고 기표가 실질을 바꾸지는 못한다는 것이다. 다시 말해 시집에 소설책이라는 기호를 붙인다 해도 결국 이것은 시집이기 때문이다. 둘째, 그렇다면 의도가 있을 것이다. 그리고 그 의도가 이 시집 안에서 적실한 이유를 통해 발현되고 있다면 그 양상과 까닭에 대해 살펴봐야 할 것이다. 따라서 셋째, 저 장르론 안에서 소설이란 무엇이며 그에 따라 비소설과 미소설이란 무엇인지 또 그것이 시와 어떤 관계를 지니는지, 이런 방식의 구조가 궁극적으로 무엇을 겨냥하고 있는지를 살펴볼 필요가 있을 것이다. 이를 본격적으로 검토하기에 앞서 우선 다음과 같은 시를 먼저 눈여겨보자.

> 따질 수도 이해할 수도 없는 한순간 앞사람이 수십 바퀴 우주를 돌아 내 뒤에 선다
> (…)
> 우주 곳곳에서 배역과 사건이 난무했다
> (…)
> 어쩌면 1행을 쓰고 2행을 쓰는 동안 벌어진 일 같았다
> ─「연행(演行)」 부분

지나치게 편의적으로 발췌하고 요약한 것이지만 핵심은 1행과 2행 사이에 세상만사, 수십 바퀴 우주가 펼

쳐질 수 있다는 것이다. 그런 맥락에서 이 시집은 1행과 2행 사이의 간극을 한껏 벌려놓은 이가 그 간극을 연장하여 거기에 포착된 시계(視界)의 양상을 기록한 것이라고 할 수 있다. 어쩌면 기승전결을 지닌 서사나 플롯이 아니라 강도(intensity)와 지속을 주된 원리로 삼는 시가 '총체성'을 품는 방식이 바로 이와 같을 것이다. 그렇게 어떤 시들은 소설, 즉 내력을 지닌 사물들, 사태들 그리고 이야기들을 품고 있다. 세계는 그 자체로 중층적이고 복합적이지만 기억의 천재 푸네스처럼 모든 기미를 일일이 헤아리는 이의 시계 안에서 사태는 그 짧은 틈 안에서도 무한히 증식을 거듭한다. 시집에 소설을 불러들인 이유가 거기에 있을 것이다. 예컨대 『소설책』 안에는 이런 것들이 우글거린다.

영수증, 유의어 사전, 분실물 목록, 각종 받침, 역사 이외의 증거, 해몽, 모더니즘, 포스트모더니즘, 미리보기, 필체 연습, 표절 연구, 선행학습, 지워진 문장의 수리, 무연고 묘지의 관리대장, 법령 위반, 활자로 표현 불가능한 변증법, 범죄의 모방과 예방, 분리

수거, 신분증, 민형사 소송, 촬영용 소품, 1인당 독
서량이 시력 감퇴에 미치는 원인, 직립보행, 크리스
마스트리, 저자의 죽음, 주고 싶지만 받기 싫은 선
물, 방탄복, 학술적 주장의 검증, 법령 개정, 대중교
통 활성화, 출간 파티, 국가보안법, 문학의 죽음, 글
자 위에 그린 천사 낙서, 독촉장, 벌레 잡기, 소설가
의 손을 떠난 광기, 파놉티콘, 불멸, 이상한 시인, 그
밖에 실생활에 유용한 조리, 부조리, 비조리, 간편
조리

　　　　　　　　　　　　　—「소설책의 쓰임」 전문

　호르헤 루이스 보르헤스가 『픽션들』의 서문에서 말했
던 것처럼 단 몇 분 만에 완벽하게 말로 설명할 수 있는
생각을 방대한 분량의 책들로 쓰는 행위는 고되면서도
별로 도움이 되지 못하는 것일지 모른다. 요약과 논평으
로 충분하다는 것인데 과장이 없진 않겠지만 위에 인용
된 시에 열거된 항목들을 찬찬히 살펴보면 보르헤스의
말이 아주 틀린 것은 아니라는 생각을 하게 된다. 시에
소설을 앉히는 방법은 그런 게 아닐까? 그렇다면 이 시

집 안에서 소설이라는 기표의 작용은 무엇일까?

　　소설이 삶을 비추는 거울이라면
　　잔뜩 멋을 부리고 화장부터 해야겠지
　　내가 누군지, 당신이 누군지
　　남아 있는 인생을 이리저리 매만지면서
　　조물주를 걸었던 다짐과 서글픔 따위는 잊어버리
고
　　불성실한 진실을 보면 솟구쳐오르는
　　거울의 구라에 충실해야겠지
　　좌우가 뒤바뀐 입장이라 할지라도 눈물을 흘리면
　　생활의 번짐만 묻어날지라도
　　노련한 연극배우처럼 조이고 조인
　　문장의 나사를 연기해야겠지 천의 얼굴을 가진 건
　　주인공이 아니라 변화무쌍한 내포 독자들
　　금이 간 소설 앞에 서서 금이 간 현실에 덧칠한 형
형색색
　　환대를 모른 척 화장을 새로 고쳐야겠지
　　돈과 사랑과 명예와 자존심과 그 모든 이야기의

발상지를

　표정에 담고 오래 살던 동네 귀신처럼 살갑게

　거울 속 낭독회에 참석해야겠지

　싸구려 술집 화장실에서 쓰러진 취객을 만날지라
도

　피투성이가 된 주인공의 주먹을 묘사하면서

　상처 하나 없는 멍자국을 떠올려야겠지

　허공에 주먹을 휘두르다 삶의 미지를 마저 치고

　빠지고 진짜 강냉이가 털리는 날에는

　약속해, 우리 모두 채플린의 〈스마일〉을 흥얼거리
기로

　　　　　　　　　—「모던 소설 타임스」 전문

　발터 벤야민은 카프카론에서 카프카의 세계가 일종의
극장이고 인간은 자연 극장 위에 서 있는 존재자들이라
고 설명하면서 소설 『성』의 한 대목을 인용한 바 있다:
"어느 극장에서 연기하십니까?".

　맥락의 차이에 대한 부연이 필요하겠으나 위에 인용된
시 역시 대번 바로 이 문장을 떠올리게 한다. 여기서 소설은 우선 "삶을 비추는 거울"로 전제된다. 그런데 흥미로운 것은 "소설이 삶을 비추는 거울이라면"이라는 전제 뒤에 "잔뜩 멋을 부리고 화장부터 해야겠지"라는, 가정에 따른 태도가 바로 덧붙여지고 있다는 것이다. 말하자면 소설이 삶을 진실하게 재현하고 반영하는지 여부가 중요한 것이 아니라 자신의 삶을 그 거울 앞에, 자연 극장이라는 무대 위에 세우는 태도가 여기서는 오히려 눈에 띈다는 것이다. "거울의 구라에 충실"하고 "조이고 조인/ 문장의 나사를 연기"한다는 것은 이를 뜻한다. 내심이야 어떻든 소설이라는 거울이 비추는 삶을 의식하며 가꾸는 태도로 낭독회에 참석하고 싸구려 술집에서 쓰러진 취객에게 명분을 주고 주인공의 주먹이 피투성이가 될지언정 상처 하나 없는 '말끔한' 멍자국을 보여주면서 삶이 더 나아질 것이라는 희망을 건사하는 것, 그러면서 채플린의 "〈스마일〉"을 흥얼거리는 태도로 자신의 삶을 자연 극장 위에 올려본다는 것이다.

소설이 있다. 삶을 비춘다. 그렇게 비추는 삶 안에 있는 "내포 독자"가 있다. 즉, 자연 극장 위에서 채플린과 같은 분장을 한 채 희극을 연기하는 '내포 시인'이 있다.

말하자면 여기에는 극중 인물이 몰입에서 빠져나와 관객에서 말을 건네는 일종의 극적 아이러니가 있다는 것이다. 이 시집 안에서 소설이라는 기표가 지니는 첫번째 실정성은 소설 속 내포 독자로서의 시인이 「소설책의 쓰임」에서와 같이 수많은 사태로 우글거리는 현실 속에서 소설이라는 기표를 사용하고 있는 시를 읽는 독자에게 불현듯 고개를 돌리며 삶에 대해 물을 때 발생한다. "금이 간 소설 앞에 서서 금이 간 현실에 덧칠한 형형색색/환대를 모른 척 화장을 새로 고쳐야겠지"라는 말은 소설 속 내포 독자로서의 시인이 이번에는 이 시를 읽는 독자를 응시하며 던지는 태도의 아이러니를 명료하게 드러내고 있다. 그러니까, 1행과 2행 사이에 「소설책의 쓰임」에 제시된 것 이상의 현실이 무수히 들어올 수 있지만 시는 그것을 고스란히 거울에 비추듯 비추는 것이 아니라 태도의 아이러니 역시 동시에 드러내며 행간에 담는다는 것이다. 금이 간 소설 앞에서 금이 간 현실을 미화하는 척 연기를 하는 시인이 있는 것이다. 소설은 풍부한 현실과 더불어 행간에 자리잡을 수 있지만 자리잡게 되는 순간 시는 그렇게 취재된 현실에 대해 아이러니한 태도를 노정하게 된다.

　　새로 이사온 감정이신가요?
　　감정은 아니지만 쭉 무의식과 함께 자랐습니다.
　　반가워요. 전 예감이라고 해요.
　　(…)
　　상상력이 있던 자리에 자본이라는 이름이 내걸렸
다
　　(…)
　　예의바른 자본은 집안으로 들어가는 대신
　　새로운 이웃들과 담소를 나누는 중이다
　　몇몇은 안면이 있었다
　　문의 안쪽과 바깥쪽이 완벽하게 뒤바뀌는 순간에
도
　　육체의 귓가는 무덤덤했다

　　주객이 전도된 상상력만이 신경질적으로 초인종을
눌러댔다
　　소설의 근거를 잃어가고 있었다

———

—「바벨 아파트」 부분

위에 인용된 우화적인 시에서 소설이라는 기표의 또
다른 실정성을 확인할 수 있다. "소설의 근거를 잃어가
고 있었다"라는 방식으로 부정형으로 환기된 실정성의
내용은 "*상상력이 있던 자리에 자본이라는 이름이 내걸
렸다*"라는 구절과 "*전도된 상상력*"이라는 구절에 잘 드
러나 있다. 자본의 논리라는 베일로 뒤덮인 현실이, 기성
의 것으로부터 미지의 것을 도출해내는 능력으로서의 상
상력을 초과하는 순간, 그런 양상이 '나'가 거하는 집의
문턱마저 넘어들어오는 순간 "소설의 근거"가 사라지기
시작한다. 소설이 현실을 비추거나 재현하는 것이 아니
라 자본의 논리로 덧칠한 상상력이 현실을 왜곡할 가능
성이 상존한다. 「지우개를 잃고 소설가는 쓰네」라는 시
에 인용된 임현 작가의 말처럼 "진짜 같은 소설을 쓰고
싶은" 소설가의 눈앞에 오히려 "소설 같은 일이 진짜 벌
어지는" "주객이 전도된" 상황에서 '세계관에 대한 리얼
리즘의 승리'를 구가하는 것은 어불성설이다. 소설은 거
울일 수 있으되 현실이 소설을, 소설적 상상력을 초과하

는 "비상시국" 속에서 소설은 소설 그 자체일 수만은 없다. 비소설과 미소설이 검토되는 까닭이 여기에 있을 것이다.

비소설은 소설과는 다른 어떤 것이고 미소설은 아직 소설이 아닌 어떤 것이다. 앞서 우리는 이 시집 안에서 소설이라는 기표가 첫째, 삶을 비추는 것 둘째, 비상시국이든 자본이든 현실이 상상력을 초과할 때 소설이 재현의 힘을 잃는다는 것을 확인했다. 그런 의미에서 볼 때 비소설과 미소설은 "주객이 전도된" 시대의 글쓰기의 두 유형, 재현하지 않음과 재현할 수 없음과 관계 깊다고 하겠다. 비소설이라는 기표의 면모는 장시 「비소설(非小說)적 망상의 보관함이 멸망한 인류의 마지막 유품으로 습득될 때」에 잘 나타나 있다. 이 시는 신문 혹은 인터넷 기사의 제목과 그에 대한 반응을 한 단위로 해서 이 단위가 시간 순으로 열거되는 형식을 취하고 있다. 이를테면 이런 식이다.

대통령실 "野 계엄령 주장은 말도 안되는 정치 공세" 2024-09-01 16:13

그때 파멸의 소화액이 밤을 뒤덮었지

아무런 반응도 없는 도시의 야경이 뭔가를 사고 쳤지

치고 떠나갔지

尹, 비상계엄 선포… "종북세력 척결, 헌정질서 지키겠다"
2024-12-03 22:28

북두칠성은 일곱 개가 아니야

북두칠성은 크레타의 별도 아니야

독한 별이야 북두칠성은

북두칠성과 관련도 없이 독함만 남은 북두칠성은

스타가 아니야

싸이의 〈강남스타일〉도 아니야 강남은 남쪽 스타일도 아니야

스타일은 스타일도 아니야

아닌 건 아닌 거야

불안정한 봄, 레이어드로 완벽 대비하기 2025-02-21 13:43

소설을 쓰지 못한 나는 우리 모두는 비상시국이었다고 시를 쓴다

삶의 본능이란 주책없는 장광설 앞에서만 떳떳한 것인가?

나는 계몽되었습니다

(⋯)

윤 대통령 지지자 '캡틴아메리카' 구속 기소⋯ '선관위 가짜 뉴스' 제보자 2025-03-19 11:44

사실 시는 사기가 아니라 겹치기야

겹치고 겹치고 겹치다보면

보이지 않는 곳에서 겹치는 진짜 세계가 있어

손금 곳곳에 별을 그리고 우주와 땀이 섞인 주먹을 쥐고

어둠을 후려치다 주저앉아본 시인은 알아

　　―「비소설(非小說)적 망상의 보관함이 멸망한 인

류의 마지막 유품으로 습득될 때」부분

이처럼 이 장시는 기사의 제목과 그에 대한 시적 감응 혹은 해석의 연쇄로 구성되어 있다. 인용된 대목은 그중 일부, 2024년 9월 1일자부터 2025년 3월 19일까지의 몇몇 기사와 그에 대한 시적 '번역'을 발췌한 것이다. 시의 제목을 통해 유추하건대, 이런 세트(기사+시적 해석들)의 묶음이 담긴 장시를 "비소설(非小說)적 망상의 보관함"이라고 한 것은 이 세트가 일종의 비소설이라고 할 수 있기 때문일 것이다. 앞서 현실이 이미 소설적 상상력을 초과하는 상황 속에서 소설적 재현의 불가능성에 대해 일종의 화장된 '허위'를 통해—마치 김수영이 4·19 직후에 '화장한' 위악(僞惡)을 시에 전시했듯이—그리고 재현의 시선과 재현된 이의 (화장한) 표정을 동시에 전시함으로써 발생하는 극적 아이러니를 통해 시집의 시적 주체가 대응하고 있음을 살펴본 바 있다. 비소설이라는 기표 역시 이런 양상과 관계 깊다고 할 수 있다. 계엄에 대한 소문과 이에 대한 부정, 난데없는 비상계엄 선포, 그 이후에 지속된 비상시국 등, 상상력을 초과하는 현실의

'외설적' 전개 앞에서 재현술은 무위와 무기력으로 귀결될 뿐이다. 인용된 부분에는 그런 '재현의 위기'를 시적 직관과 '번역'을 통해 즉각적으로 대처하는 양상이 잘 드러난다. 계엄의 풍문을 태연하게 부정하는 것은 "파멸의 소화액이 밤을 뒤덮"는 것이 되며 비상계엄 선포는 세간에 화제가 되었던, 후일 계엄을 선포한 이를 형용하는 말로 이전에 사용되었던, 언젠가 '별이 될 순간'이 올 것이라는 표현이 그예 희극적으로 현실화된 사태라는 것이 시적 직관을 통해 포착된다. 소설이 재현한다면 비소설은 사실을 시적으로 재구성한다. 물론 미소설적 대응도 가능할 것이다.

　　　사람을 이롭게 하던 새로운 말들이
　　　사람을 죽이는 더 새로운 말이 되어 돌아왔고
　　　희망을 노래하던 말은 의미를 갈아입지도 못한 채
　　　폐허의 경계선을 따라 몰려들었다 한다
　　　전쟁의 복판에서야 평화가 입에 오르내리듯
　　　몇몇 말들은 침묵을 지키는 것도
　　　의미가 있다는 걸 깨달았다 한다

———

애타게 신을 부르던 말들이 마침내

인류에 대한 애도로 되돌아왔을 무렵

두꺼운 책 속에 납작 엎드린 말들은

울기 시작했다 한다

번역할 수 없는 슬픔과 눈물에 두 줄을 긋고

문을 두드리는 자에게만 보인다는 신의 멱살을

배신자처럼 꼭 붙들고 있었다

—「숨은 신」 부분

　현실이 상상력을 초과하여 말이 재현적 표상을 생산
하지 못하는 상황에서 투명한 거울의 효용은 그다지 크
지 않다. "사람을 이롭게 하던 새로운 말"이 "사람을 죽
이는 더 새로운 말"이 되고 "희망을 노래하던 말"이 "폐
허의 경계선"에 몰려들 때, 어떻게 말이 투명한 거울로서
소설의 매개가 될 수 있는가? 오히려 비표상적인 "침묵"
과 "번역할 수 없는 슬픔"이 말을 대신하여 새로운 의
미를 획득할 수도 있을 것이다. 소설이 재현하고 비소설
이 사실을 시적으로 재구성한다면 미소설은 날것으로서
의 사태를 품는 시적 정동과 관계 깊다. 정확히 말하자면

문학적 언어로 번역될 수 없는 침묵, 비언어적 표상으로서의 정동(情動, affect)의 흐름이 미소설이라는 기표와 관계 깊다고 하겠다. 이 시집에 실린 시들은 그런 의미에서의 비소설과 미소설을 함께 품고 있다. 어떻게? '레이어드룩'으로.

이 시집에서 가장 인상적으로 눈에 띄는 시어 중 하나는 "레이어드"이다. 그런데 이 시어는 양가적이면서도 다중적 의미를 지닌다. 예컨대, 앞서 인용한 장시의 다른 대목에서 아래와 같은 표현들을 발견할 수 있다.

(1)
장기가 뼈를 입고 뼈가 피부를 입고 피부가 옷을 입고 옷이 나를 입고
그러니까 나
레이어드룩(layered look)으로 완성됐지

(2)
레이어드로 살던
레이어드 인격들이

레이어드 지층마다 묻혀

썩지도 않는 정신이 있다고 구라를 치는 연남동

핫 플레이스 보도블록 위에서

(3)

레이어드된 것들끼리 서로 한 겹씩 벗기다보면

죽을 때까지 자기 이름도 모르고

알고 싶지도 않고

수신과 발신만 있고

고독하지도 않고

죽자 살자 열쇠도 잃어버렸고

학명으로만 살다가는 딸깍발이가 돼야 했을 운명

이라고

그러니까, 마치 어떤 SF영화에서 '안드로이드'라는 말
이 인간을 형용하는 기호로 사용되듯 이 시집에서 '레이
어드'는 '호모 사피엔스', 즉 지혜로운 존재라는 학명에
어울리지 않는, 지난겨울의 "비상시국"(「우리 모두는 비
상시국이었다」)에서 보듯 현실이 소설을 능가하는 상황

에서 모순적이고 중층적인 존재자로서의 인간을 지시하는 말로 읽을 수 있다. 장기와 뼈와 피부와 옷 그리고 비로소 그 위에 '나'가 포개어진 레이어드가 인간이다. 이때 레이어드된 것은 단지 물리적 단위들만은 아니다. 인식과 의지와 욕망이 한몸 안에서 제각각 레이어드다. 한 구조주의자가 우리는 구조를 입고 구조를 먹고 구조 속에 산다고 주장했지만, 이 장시 속에서라면 우리는 레이어드 몸으로 태어나 레이어드 욕망을 품고 레이어드 현실 인식 속에서 일렬로 정돈되지 않는 레이어드 의지를 발휘하며 산다. 물론 "금이 간 세계 속/ 금이 간 사람들"(「투명」)의 양상을 양식의 파괴를 통해, 일그러진 형식은 일그러진 현실에서 온다는 태도를 통해 시로 표현하는 방법(황지우)도 있을 것이다. 그런데 기혁은 그런 방식의 형식 파괴나 대위법적 변주와 재구성 대신 비소설과 미소설을 품되 이를 "모노포니"로 발화한다.

여름의 초록이 검정이 될 때까지
검정의 내부가 한없는 투명의 겹침이 될 때까지

젖음의 모노포니는 내일에만 들리는 신청곡 같은 것
　　　　　　　—「내일 여름, 두번째 천변에서」 부분

　폴리포니는 사태를 중층적이고 다각적으로 변주하지만 모노포니는 정공법이다. 정공법이되 마치 초록이 검정이 되고 "검정의 내부가 한없는 투명의 겹침이 될 때까지" 집요하게 들여다보는 정공법이다. 그렇게 보자면 이 시집에 실린 시들은 비소설과 미소설을 품은, 레이어드 모노포니라고 할 수 있다. 비소설의 층위에서 사태와 시적 직관을, 미소설의 층위에서 정동을, 그리고 그 단층들을 엮는 단성적 태도를 시에 품음으로써 이 레이어드 모노포니는 수평적 확장 대신 수직적 중층을 획득한다. 기혁의 시가 들끓으며 고요하고 우글거리며 명료한 까닭이다.

소설책

초판 1쇄 인쇄 2025년 12월 24일
초판 1쇄 발행 2026년 1월 5일

지은이 기혁

편집 이고호 | 디자인 윤종윤 이주영
마케팅 김다정 박재원 | 저작권 박지영 형소진 주은수 오서영 조경은
브랜딩 함유지 김은솔 박민재 이송이 박다솔 조다현 김하연 이준희 신은서
제작 강신은 김동욱 이순호 | 제작처 한영문화사

펴낸곳 (주)교유당 | 펴낸이 신정민
출판등록 2019년 5월 24일 제406-2019-000052호

주소 10881 경기도 파주시 회동길 210
문의전화 031.955.8891(마케팅) | 031.955.2680(편집) | 031.955.8855(팩스)
전자우편 gyoyudang@munhak.com

홈페이지 www.gyoyudang.com
인스타그램 @gyoyu_books | 트위터 @gyoyu_books | 페이스북 @gyoyubooks

ISBN 979-11-24128-32-9 03810